TOKYO
[東京ストレイ・ウィザーズ]
STRAY WIZARDS

『覚悟はできた？　いくわよ、志藤』

『ああ、受けて立つぜ』
ジャガーノートが
もう一度吼えると同時、
魔法陣が火を噴いた。

『だらだらして行儀悪いわよ、アムリタ』

やはり湯船につかるのは
いいものですね

「私はもうクランなんて『遊び』は止めたの」
MIYAKO TACHIBANA
橘宮子
「本当に手間のかかる弟なんだから」
WAKANA KASHIWAGI
柏木若菜
「志藤、お薬を忘れてはいないでしょうね?」
AMRITA
アムリタ

「お前が本当は何者なのか、俺が教えてやるよ」
桜田志藤
SHIDOH SAKURADA
「私がしっかり見張らせてもらうから！」
須山雪近
YUKICHIKA SUYAMA
「でしゃばるな。あんたはもう昔のあんたじゃねえんだ」
赤間京平
KYOHEI AKAMA

TOKYO STRAY WIZARDS

CONTENTS

東京ストレイ・ウィザーズ

中谷栄太

GA文庫

カバー・口絵・本文イラスト
Riv

序.

桜田志藤《さくらだしどう》の住まいとなっている白く広い部屋には、二つの扉があった。

一方がバスルーム、もう一方が廊下に繋《つな》がる扉だ。

二つのうち、廊下に面した扉——外側から鍵の掛けられた扉が開いたのは、予定より八分ほど時が過ぎた頃だった。

志藤はベッドの端に腰掛けたまま、現れた少女に向かって肩を竦《すく》めた。

「遅かったな、アムリタ」

「む……」

少女——アムリタがドア口に立ったまま目を細める。年の頃は十四、五だろうか。長く伸ばした白い髪と、頭から猫かキツネの耳のように飛び出した、三角形のパーツが目を引く少女だった。パーツは金属的な光沢のある青色で、彼女自身は〝アンテナ〟と言い張っている。

身に着けているのは素材の判然としない、白を基調《きちょう》としたハーフコートのような上着だ。上着の裾からは短めのプリーツスカートが覗《のぞ》き、足元に丈夫そうなロングブーツを合わせている。

その小奇麗《こぎれい》な出で立ちは、彼女と大差ない境遇にある志藤の、いかにも囚人然《しゅうじんぜん》としたオレンジのツナギとは雲泥《うんでい》の差だった。

アムリタがドア口から志藤を見据え、平坦に呟《つぶや》く。

『『脱走』などという無茶な計画に、文句の一つも言わず従う健気《けなげ》な魔法生物《ホムンクルス》に対して、開口《かいこう》一番《いちばん》ダメ出しですか。そうですか」

「え、ちょ――」

スライドした扉がアムリタの姿を消し去る。ガシャ、と錠《じょう》の下ろされる音がそれに続いた。

「……アムリタ？　アムリタさん⁉」

「ロックを解くにはパスコードが必要になりました。コードは『アムリタさん偉い』」

「なるほど。よし、いいだろう。――アムリタさん偉い！」

「残り九十九回」

「そうくるか」

志藤は思わず立ち上がった。ため息を一つ吐《つ》いて扉に歩み寄る。これではどちらが契約上のマスターなのか、分かったものではない。

「悪かった。謝るから。な？『アムリタさん偉い、かわいい、いつもありがとう』」

「…………」

志藤の眼前で、再び扉が開いた。しかしアムリタはまだ不服そうで、上目づかいにじっとりとした視線を向けてくる。

「いまいち心がこもっていませんでしたよ、志藤」

「そんなことはない。実際ここの——魔法総局保安室本部《まほうそうきょくほあんしつ》のセキュリティを騙《だま》せるのは、お前くらいのもんだ。よくやった」

志藤は微笑して、アムリタの頭、二本の三角アンテナの間に手を置いた。アムリタは視線を逸《そ》らしたものの、嫌がりはしなかった。

「べ、別に大したことではありません。魔法によるセキュリティがメインですから、私のような高位の魔法生物《ホムンクルス》ならシステムへの侵入は容易《たやす》いことです。それでも、システムを完全掌握《かんぜんしょうあく》できたわけではありませんし、偽の情報を与えているのはこのフロアだけですし」

「それで十分凄《すご》いんだよ。刑務所じゃないと言っても、セキュリティは甘くないんだからな」

「ど、どうも」

繰り返し褒《ほ》められてさすがに照れくさいのか、アムリタが体の前で手を組んでそわそわし始める。頬《ほお》も心なしか赤くなっている。

「さすがとしか言いようがない」

「も、もういいです。分かりました」

「いつも頼りにしてる」

「ホントに、もう、大丈夫ですからっ。時間がありませんし、は、早く——」

「こんな優秀な味方がいて、俺は本当に幸運だと——いだだだだッ！」

「もういいと言ってるじゃないですか！　からかってますか⁉　からかってますね⁉」

顔を真《ま》っ赤《か》にして、頭に乗せられていた志藤の手を捻《ひね》るアムリタ。

「わ、悪かった！　からかってはいないし、全部本心ではあるが、とにかく悪かったから！」

「志藤は何も悪くありませんが！」

「じゃあなんで手首極《き》められてんだ俺《おれ》は⁉」

志藤を解放すると、アムリタは赤みの引かない顔を手で扇《あお》いだ。

「で、では急ぎますよ、志藤。お薬は忘れていないでしょうね？」

「ああ……」

志藤がツナギの胸ポケットに手を伸ばす。ポケットには首から下げた紐《ひも》が吸い込まれていて、志藤は紐を引っ張り、その先に繋がれたL字型の器具をアムリタに見せた。

金属の管を曲げたもので、大きさは片手に収まる程度。片端にはリードのような吸口《すいくち》が取り付けられ、もう片方の端からは管に押し込まれた小さなエアゾール缶の、底部だけがはみ出している。缶の底を押し込むことで、吸口から薬が噴霧《ふんむ》される仕組みだ。

喘息《ぜんそく》の吸入器そのものだが、缶の中身は全くの別物だった。

「予備も持った。まぁ、一週間くらいは大丈夫だろう」

「一週間なんて、その程度の備えでどうしますか。いざという時に苦しむのは志藤なんですよ？　なのでこの深慮遠謀《しんりょえんぼう》な魔法生物《ホムンクルス》である私が、ちゃんと、こうして……よいしょ、と……」

アムリタが床に屈《かが》み込み、扉の脇に置かれていた段ボール箱を持ち上げた。

「調合室から薬の材料をちょろまかしてきましたので。この一年で魔法薬学の基礎も習得済みですから、薬のことは当分私に任せていいですよ、志藤」

「それ取りに行ってたから来るのが遅れたんだな？　そうするつもりなら事前に……いや、まぁいい。重いだろ、俺が持つからよこせ」

「いいえ、志藤。あなたには別の役目がありますので」

「別の？」

「はい。先ほどまでの会話でも時間をロスしたおかげで――」

と、突然けたたましい警報《けいほう》が廊下に鳴り響いた。アムリタが天井を見上げ、平坦に呟く。

「そろそろ、セキュリティを騙《だま》しておく限界が来そうです」

「来てから言ったな」

「と、いうわけで志藤、まもなく保安官《ホワイトワンド》が集まってきますので」

「なるほど。そいつは確かに俺の役目だ」

志藤はどこか獰猛《どうもう》さを潜《ひそ》ませた微笑を浮かべながら、廊下の先を見据える。

「それじゃあさっさとここを出て、帰るぞ、アムリタ。魔法と……戦いの日々に！」

1 魔法使いの脱走

現代《げんだい》魔法《まほう》はその源となる魔力《マナ》の発見を機に発展した『技術』であって、人を呪《のろ》わば穴二つというような、いわゆる超常現象と同じに捉《とら》えるのは正しくない。必要なのはあらゆる生命体に宿るマナと、マナを魔法に変換するための術式だ。

自分の内に潜在するマナを感じ取ることから始まり、それを意識的に活性化させ、活性化させたマナを術式《じゅつしき》に沿って編めるようになれば——誰にでも魔法は使える。全ては訓練次第だ。その訓練の結果が、ルームランプの代わりくらいにしかならない魔法を使えるようになるだけ、という程度で終わる人が多いのも事実だが。

それでも魔法という技術の門は万人《ばんにん》に開かれている。

万人に。——善人にも、悪人にも。

だからこそ政府により魔法総局が開局され、魔法による不正行為、不法行為を取り締まる保《ほ》安室《あんしつ》が設立されたのだ。保安室の職員である保安官は善意の魔法使い《ホワイトワンド》とも呼ばれ、特に魔法使いの多い都内では、もはや治安維持に欠かせない存在となっていた。

そして当然、良識を欠いた魔法使いもいる。そういう輩《やから》は、度が過ぎれば保安官に捕まる。

桜田志藤《さくらだしどう》もその口だ。言うなれば。

「ここでの生活も、今日で終わりだな」

「まぁ、この状況を切り抜けられたらの話ですが」

段ボール箱を抱えたアムリタが、壁に背を預けながら呟く。

志藤の軟禁《なんきん》部屋があった二十二階から下ること十階。この階で階段は終わっていた。もちろんエレベーターは使えず、二人は階下に繋がるルートを求めて広いホールに出た。幾つかある、保安官の訓練室の一つだ。

そのホールで十人強の保安官が、呼び名の由来ともなった白い杖を手に待ち構えていた。ホールの中央で、志藤たちが入ってきたのとは別の出入り口を背に一塊になっている。

「たったあれだけの人数ですか。甘く見られたものですね、志藤」

「どうかな。その方が俺《おれ》たちは助かるんだが……」

保安官たちは皆、防刃繊維《ぼうじんせんい》で作られ抗魔《こうま》処理の施された、白いローブの制服姿だ。ローブの胸元には六芒星《ろくぼうせい》の描かれたバッヂを付けている。白い杖は金属製で、いかにも魔法使い風というよりは、少々スタイリッシュに仕上げられたさすまたのような形状だった。

と、保安官の一団が不意に左右に分かれた。彼らの背後に控えていたらしい、もう一人の姿が露《あら》わになる。

燃えるような瞳《ひとみ》でこちらを射抜いてくるその保安官は、志藤と同年代の少女だった。

「一体何のつもりなの、志藤！」

「うげ、ユキチ……」

「『うげ』とか言うな！　あと、雪近《ゆきちか》だって言ってるでしょ！」

長い髪をサイドテールにした少女で、長身というわけではないが、アムリタよりは背が高い。面立ちにはまだ幼さが残るものの、意志の強そうな瞳が印象的だ。

確か志藤より一つ年下の十五歳。つい一カ月前にどこぞの魔法学園に入学したばかりのはず。それでも、少女のローブの胸元には保安官のバッヂが光っていた。

(今日は出勤日だったのか。タイミングが悪いな)

「厄介《やっかい》な人が出てきましたね」

志藤の顔色を読んだように、アムリタが呟《つぶや》いた。

その類《たぐい》まれな魔法の才と情熱から、記録を大幅に更新して最年少保安官となった少女、須山《すやま》雪近《ゆきちか》。考えうる限り最悪の相手——というわけではないが、その一歩手前であるのは間違いない。

雪近が白杖の先を志藤たちに突き付ける。

「昔のことを反省して、すっかり更生したんだと思ってたのにっ。とにかく、二人とも大人しく部屋に戻りなさい！　今すぐ戻れば、本部長も何もなかったことにしてあげるって——」

「悪いが」

アムリタにその場に留《とど》まるよう身振りで合図すると、志藤は一人壁際を離れた。雪近や保安官たちの方へと歩を進めながら、困ったように微笑する。

「それはできないんだ。俺はもう行くよ、ユキチ」

「行くって……バカ言わないでっ。あなたは自由の身じゃないのよ、志藤。確かに事件の解決にあなたの手を借りたこともあったかもしれないけど、だからってこんな……」

「俺だってお前に迷惑をかけたいわけじゃない。お前はいい保安官だ。一緒に戦ってみてよく分かった。でもこればっかりは、どうしようもないじゃないか」

「どうしようもない？　一体何を言って……」

「とぼけるのは無しにしてくれ、ユキチ。こんなところに引きこもってる俺だって、少しは世の中の出来事を知ってるんだぜ。――クラックヘッドが現れたんだろ？」

その名を口にすると同時に、志藤は表情を引き締めた。

それは人々がある男を指して呼ぶ名前だ。現代魔法史上最悪の一夜と言われる、〝パンドラ事件〟を引き起こした男。伝説的な魔法使いの小集団《ウィザーズ・クラン》《ワイズクラック》を率いていた男。

彼に対し軽蔑と憎しみと、恐れをもって口にされる呼称が――イカレ頭《クラックヘッド》だ。

雪近が杖を固く握り締めた。

「それは私たちが解決する。気持ちは分かるけど、あなたに任せるわけにはいかない。分かるでしょ？」

「俺に分かるのは、俺以上にふさわしい奴はいないってことだけだ」

「…………」

「通してくれ。でなけりゃ、力尽《ちからず》くになる」

「ガキの分際で、何を生意気言ってやがる」

最後に吐き捨てたのは雪近ではなかった。雪近から少し離れたところに立つ、保安官補のバッヂを付けた男だった。

男は志藤に向かって杖を突き出した。雪近が止める暇もないうちに、杖に串刺しにされる形で小ぶりの魔法陣が浮き上がる。

「通れるもんならやってみろ！」

魔法陣から幾条もの光線が打ち出される。光線は放射状に広がり、虚空《こくう》でカーブを描いて、一斉に志藤に襲い掛かった。

「志藤！」

雪近が声を張り上げたが、志藤はその場から動かない。光線の束が肉薄する。

と、志藤の背後、保安官たちからは死角となっていた位置から、半透明のゴムボールのようなものが躍り出た。球体は志藤の前に回り込むなり、瞬時に薄い膜となって広がる。

光線が次々膜に突き刺さった。膜の表面で派手な音と共に、閃光が連続して瞬く。

「あ……？」

光線を撃った男が、半ば唖然《あぜん》と声を漏らす。

膜は攻撃を防ぎ切るとすぐさま球体に戻り、今度は志藤の周囲をゆっくりと旋回《せんかい》し始めた。攻撃を感知すると自動で防御膜へと姿を変える、《即応可変障壁《ミュータスフィア》》。ホールに辿《たど》り着く前から発動させていた魔法だ。

保安官は侮っていい相手ではない。それ相応の警戒は、初めからしているのだ。

だが、志藤は警戒心を表には出さなかった。その場から一歩も動かぬまま、悠々《ゆうゆう》とした仕草《しぐさ》で吸入器を口に運んでいた。エアゾール缶の底を押し込むと、口内に薬が噴霧される。

わずかに苦味のある薬を、空気と共にゆっくり肺に送り込む。それから呟くように言った。

「ゴングが鳴ったってことで、いいんだな？」

「っの野郎！《パラベラム》！」

保安官補が声を荒らげると、その全身に網目のような光の筋が浮き上がり、すぐに消えた。

途端に肉体の重量が半減でもしたかのように、保安官補は恐るべき速度で一団から飛び出した。体重が減ったわけでも、重力を緩和したわけでもない。パワードスーツとしての役割も果たす結界で、自身の身体を包んだのだ。

戦闘における基本的な魔法の一つ。攻防一体の強化魔法《戦いに備えよ《パラベラム》》。

槍のように構えられた杖の先を放電が走る。

「お前みたいな奴に外に出られちゃ、迷惑なんだよ！」

「憎まれたもんだぜ」

まぁ、致し方ないことではあるが。今では何かと気遣ってくれる雪近も、初めは似たような対応だった。

繰り出された杖の先に《スフィア》が割り込む。丸盆のように形を変えた《スフィア》に杖の先が突き刺さり、しかし貫くことはできずに青白い火花を瞬かせた。

保安官補の顔に焦《あせ》りが滲《にじ》む。

「ど、どうなってんだ。なんで《スフィア》なんかに……」

「当然です」

離れたところから、アムリタが声を上げた。

「《スフィア》はオート防御が売りで、障壁としての強度は高くないと思っていませんか？そんなことはありません。術式が複雑ですから、力を引き出しきれない魔法使いが多いだけです。理論値の三十パーセントを超えればいい方でしょうし、あなたもその程度の魔法使いとしか相対したことがないのでは？　ですがそれは……志藤の《スフィア》は、理論値の八十パーセント以上の出力を実現していますので」

とうとうと語る魔法生物《ホムンクルス》。さすがにマナや魔法の分析はお手の物だ。

一瞥《いちべつ》をくれると、アムリタは段ボールを抱えたまま、何やら得意そうな顔をしていた。

（なんでお前が自慢げなんだ？）

「く……！　――だったら！」

志藤の素朴《そぼく》な疑問は、保安官補が後ろに跳んだことで掻《か》き消された。高々と掲げられた杖の先に、魔法陣が灯《とも》る。《スフィア》を貫くもっと強力な一撃を放とうというのだろうが、魔法の構築を待ってやるほど、志藤も甘くはない。

《スフィア》を消し去ると同時に《パラベラム》を纏《まと》い、志藤は床を蹴った。一瞬で保安官補の眼前まで迫る。保安官補が愕然《がくぜん》と目を見張った。

「なッ⁉　速――」

魔法の起動速度のことを言っているのか、動きのことを言っているのかは判然としなかった。

「ちなみに他の魔法でも同じですので。あなたと志藤では、引き出せる力が全く違います。それは例えば、《パラベラム》でも」

「悪いがそういうことだ」

「がッ！」

志藤の拳が保安官補の腹部に突き刺さる。両者の体表面を覆う結界《けっかい》がぶつかって、一瞬、網目構造を成す光の筋が浮かび上がった。

《パラベラム》は衝撃をやわらげるものの、遮《さえぎ》ってはくれない。その上、出力も大きく違うのだ。保安官補に志藤の一撃を防ぐ術はなかった。

志藤が腕を振り抜くと、彼はピンボールの球のように弾き飛ばされた。仲間の間を一直線に突き抜け、離れた床を二、三回跳ねた末、壁に激突してようやく止まる。

気を失ったのか、保安官補は床に倒れたまま動かなくなった。ホールがしんと静まり返る。

雪近が苦々しく呟く。

「あなたは本当に……バカなんだから。仕方ないわね──行くわよ、みんな！」

一団から五、六人が飛び出した。すでに強化魔法を纏っている。

先行する二人が同時に杖を振り上げた。杖の先に灯ったリング状の魔法陣を、揃《そろ》って床に叩きつける。床から志藤の身の丈ほどもある、巨大なサメの背びれに似た光の塊が湧《わ》き出す。

「強力そうだけど、ちょっと遅いな」

蛇行《だこう》しながら襲いくる二つの背びれを、志藤は横に跳んでかわした。床に降り立つと同時に、保安官たちに向かって駆け出す。

背びれに数瞬視界を奪われている間に、前方の保安官は三人に減っていた。向かってきたはずの他の数名は、大きく迂回《うかい》して志藤の右方向に移動──白杖《はくじょう》を構えて攻撃態勢にある。

雪近を含めた残りの保安官たちは距離を取るように、壁の手前まで引き下がっていた。

「さて、どう攻めてくる？」

背びれを放った二人はまだ白杖を構え直せていなかった。が、彼らの間に挟まれた一人が、先端に稲妻《いなずま》を纏わせる杖をライフルのように構えていた。志藤の右手に移動した数名も同様だ。

前方と右方向──構えられた杖に魔法陣が現れ、同時に稲妻を噴きだした。

「《雷銃《トール》》の十字砲火《じゅうじほうか》……。嫌な攻め方してくれる」

志藤は足を止めなかった。前から迫る稲妻を掻《か》い潜《くぐ》りながら右手を横に突き出す。手の先で、透き通った六角形の小片が隙間なく集まり、壁を作った。

折り重なった幾条もの稲妻が壁にぶち当たって、連続した破裂音を轟《とどろ》かせる。

右手で障壁を形成し続けながら、銃弾のように駆ける志藤。壁は志藤の進行と共に横へ横へと伸び、追いかけてくる稲妻を阻《はば》む。

「ち、ちくしょう！」

前方の三人のうちの、誰かが毒づいた。すでに彼らは目の前だ。

さすがに味方を巻き込む危険があると思ったのだろう、横手からの攻撃が止んだ。ほとんど同時に、眼前の保安官の一人が踏み込んでくる。

白杖がまっすぐ繰り出される。先ほど紫電《しでん》を放った保安官だったようで、杖の先端はまだ放電していた。放電は《雷銃《トール》》の待機状態を示すもので、それだけでも無防備なまま触れれば、一瞬で意識が一〇〇光年先までぶっ飛ばされるはずだ。

志藤は打突《だとつ》をすり抜け、障壁の形成を中断した手で無造作に杖の柄《え》を掴んだ。保安官は反射的に杖を引き戻そうとしたが、びくとも動かせない。

空中に固定されたかのようなその手応えに、保安官がぎょっと身を強張《こわば》らせた。

「バ、バカな。これほどの力が――ぐあッ！」

志藤は開いた方の手で彼の腹に掌底《しょうてい》を叩き込んだ。保安官が白杖を残して後方に吹っ飛ぶ。

慌てふためく残り二名を、しかし志藤は追撃しなかった。

彼らを置き去りに、高々と上へ跳ぶ。直後、志藤の足元で、後方から迫っていた二つの巨大背びれが目標を失って衝突——轟音と共に爆《は》ぜた。

背びれは志藤がかわした後、ターンして戻ってきていたのだ。

衝撃波が突き抜け、障壁の間に合わなかった保安官二名は軽々と飛ばされた。

志藤は思わず苦笑する。

「十字砲火だけでも一人相手にはオーバーキルだってのに、本命は一度かわした追尾弾で背中を刺すことだっていうんだからな。ホントに嫌な攻め方だ」

ちなみに褒《ほ》め言葉《ことば》だ。

「背びれは保安室のオリジナルかな。後で術式聞きたいもんだ」

志藤は空中で、手の中に残っていた白杖を逆手《さかて》に持ち替えた。十字砲火の時に右手にいた保安官たちは、衝撃波のあおりを受けて顔を庇《かば》っていたが、すぐに志藤の行動に気づいた。

だが遅い。

二股に分かれた杖の先に紫電が絡みつく。保安官たちが得意とする《雷銃《トール》》だが、放電ははるかに激しい。

保安官たちが術式を構築する前に、志藤は杖を彼らに向けて投げ放った。

杖が保安官たちの足元の床に突き刺さると同時、爆発するように稲妻が弾ける。保安官たちは叫びも上げず、全身を痙攣《けいれん》させた後その場に崩れ落ちた。

志藤も床に降り立つ。

「まずは俺の勝ちだな」

「まだよ」

雪近の声に視線を転じるなり、志藤は眉を上げた。ホールの奥の壁、まるで教会のステンドグラスのように、巨大な魔法陣が浮かび上がっていた。

魔法陣の下では雪近と、隅に転がされた保安官補を除くメンバーが、頭上に杖を掲げている。魔法陣は杖を掲げた全員で構築したもののようだ。

「なるほど。時間を稼がれたか。そこまでしてもらえるとは思わなかったぜ」

「あなたは強いわ。だから手を抜くつもりはない。――喚《よ》んで」

雪近が身振りで他のメンバーに合図する。魔法陣が輝いた。

魔法陣から初めに出てきたのは――頭だった。陶器《とうき》のように滑らかな、漆黒の、巨大な頭部。涙滴《るいてき》型をしていて、吊り上がった赤い双眸《そうぼう》に瞳《ひとみ》はなく、大きく裂けた口からはイノシシのような牙がはみ出していた。

一目でそれが何か理解して、志藤は声を張り上げた。

「《ジャガーノート》！　いいね、好きな魔法だ。使い勝手はよくないが、タフだし、何より術式がきれいだ。気品があると言ってもいい。この魔法を開発した奴は相当な腕の――」

「うれしそうですね、志藤」

すぐ傍《かたわ》らからアムリタの声が聞こえて、ぎょっと視線を転じる。荷物は壁際に残してきたらしく、アムリタは手ぶらで志藤のもとにやってきていた。

「いや、そんな……というか、危ないから下がっていたらどうだ？」

「自分の身くらい守れます。なんなら手伝いますが？」

「…………」

気まずそうに押し黙る志藤に、アムリタは呆れたようにため息を吐いた。

「一人でやらせろ、と。それならそれで構いませんが、ただし、あまり強力な魔法は使わないように。身体に障《さわ》りますので。――ほら、お薬」

「あ、はい」

言われるまま吸入器から薬を吸う志藤。

「魔法を使いすぎと判断したら、割り込みますからね。それが嫌なら、簡単な魔法だけでさっさと勝ってください」

「了解。心配させて悪いな」

「心配？　ち、違いますっ。契約者であるあなたに何かあると、私にまで影響が出るからでっ」

アムリタの言葉は最後まで聞かず、志藤は雪近たちの方に向き直った。ジャガーノートはすでに、その巨大な前足で床に降り立っていた。半身はまだ魔法陣の中だが、そのどことなく機械的で優美なフォルムには、人知を超えた何かへの畏怖《いふ》を感じずにはいられなかった。

ちなみにこの巨獣は魔法生物《ホムンクルス》の類《たぐい》ではない。魔法人形《オートマトン》だ。こうしたオートマトンを生成する魔法は、字義的には正しくないものの、召喚《しょうかん》魔法と呼ばれている。

ジャガーノートが魔法陣から這《は》い出《だ》しながら吠《ほ》えた。

「ゴァアアアアアアアッ！」

その傍らで、雪近が白杖を構える。少女は澄《す》んだ瞳に闘志を燃やして、志藤を見据えていた。

「志藤。あなたの経歴には感心しないけど、それでも私は魔法使いとして、あなたを認めていた部分がある。今後あなたの待遇を見直《みなお》さなきゃいけなくなることを、今から謝っておくわ」

「必要ないぜ、ユキチ。俺は今日、自由になるんだからな。——固有結装《マナフレーム》、展開」

呟くように言いながら、志藤は軽く両腕を開いた。左右の手の中に光の粒が無数に浮かび上がる。

光子《こうし》の群れは渦巻きながら棒状に伸び、やがて収束。両手に一振りずつ握られた、短い刀へと姿を変えた。

それは使用者によって、それぞれ全く別の姿と性質を発現する、特異な魔法だ。

志藤の手の中に現れたのは、小太刀《こだち》二刀流のマナフレーム——

「【雅月風紋《がげつふうもん》】」

マナの消費が激しい魔法を使ったためだろう、アムリタが額を抑えてため息を吐いているのが視界の端に映った。

しかし謝る暇はなさそうだ。

雪近が虚空に大ぶりの魔法陣を灯《とも》す。《雷銃《トール》》の魔法陣だが、先ほど他の保安官たちが見せたものの数倍はある上に——一つや二つではなかった。

少女の前方を壁のように、十余りの魔法陣が埋め尽くす。

「おい、マジか……」

「覚悟はできた？　行くわよ、志藤」

魔法陣越しに、雪近が視線を鋭くするのが見える。

一瞬唖然とした志藤も、応えるように微笑した。

「ああ、受けて立つぜ」

ジャガーノートがもう一度吼えると同時、魔法陣が火を噴いた。


意識のない保安官が点々と散らばるホールは、壁と床に無数の亀裂《きれつ》や抉《えぐ》れ、焼け焦げた跡を残しているものの、しんと静まり返っていた。オートマトンの巨獣も、砕けて消えた後だ。

マナフレームの小太刀もすでに志藤の手の中にはない。

志藤は半ば寄りかかった壁の上で拳を握った。胸中で毒づきながら、吸入器を口元に運ぶ。

（くそ……やっぱりユキチが相手じゃ厳しいな）

肺《はい》が熱を帯びた痛みを訴えていた。酸素が足りなくて苦しいのに、深く息を吸うことが出来ない。浅い呼吸を繰り返すのが精一杯だ。

それでも口内に噴霧した薬は、どうにか肺の奥に押し込んだ。

ふと背中に手が添えられたかと思うと、アムリタが志藤を覗きこんでくる。

「大丈夫ですか、志藤」

「ああ。少し……手こずっただけだ」

「少し、ね。本当に大したものよね」

離れたところから聞こえた声に、二人は顔を上げた。倒れた仲間の周囲に障壁を張り終えたらしい雪近が、白杖を携えてこちらに歩いてきていた。

「まさか《ジャガーノート》でも止められないなんて、まだあなたを甘くみてたみたい。もしその呪いがなかったら、どれだけ手に負えないのかって怖くなるわ」

志藤は思わず肩を竦める。だが雪近の言うことも間違いではなかった。

彼が肺をオーブンでじっくり焼かれたような痛みを味わっているのも、片時《かたとき》たりと吸入薬を手放せないのも、その身に巣食う『呪い』のせいだ。

約一年前から患っているこの呪いには、魔法を使う際に活性化したマナを奪う性質がある。そうすることで力をつけ、どんどん罹患者《りかんしゃ》の身体を蝕《むしば》んでいくのだ。

志藤は今でこそ魔法が使えるようになったが、それは呪いの活動を抑制する特製の薬のおかげに過ぎない。当初はマナを活性化させるや、根こそぎ呪いの滋養《じよう》として持っていかれていたものだ。活性化させたマナを奪われれば当然魔法は使えない。

（まぁ今でも魔法を使えば、マナの何割かは呪いに喰われるわけだが……）

薬が効いてきたか、肺の熱が引いてくる。志藤は雪近を見据えて皮肉な笑みを浮かべた。

「手加減しておいてよく言うぜ、ユキチ」

雪近は司令塔としての役割を十分に果たしていた。それでいながら、アタッカーとしての働きも他の保安官以上だった。

（あらゆる局面で、最善の魔法を最善の出力で使ってくる。戦いに入った途端冷静になれるし、視野も広い）

やはり彼女はいい魔法使いだ。どこかのクランにでも入れば、すぐに頭角《とうかく》を現すだろう。なんなら自分でクランを立ち上げたっていい。

本人にそんなことを言えば、嫌な顔をするに決まっているが。

雪近が数歩離れた床で立ち止まる。

「素直に凄いと思ってるわよ？　この前の事件のときも――私あなたに、た、助けられたし」

「気にするなよ」

「難事件を手伝わせることも、そもそもあなたを本部で拘束《こうそく》しておくことにも私は納得してるわけじゃない。こんな特別扱いが、あなたのためになるとは思えない。たとえあなたが《ワイズクラック》の元メンバーで――クラックヘッドの右腕だったとしても」

雪近の言葉に、志藤は気まずい顔で押し黙った。雪近が白杖を回し、その先端を志藤たちに向けてくる。

「だけどそれとこれとは話が別。この杖を預かっている以上、あなたをこのまま行かせるわけにはいかないの」

「ああ、分かってる」

「魔法を使えば使うほど具合が悪くなるなんて……そんな状態で、まさか私に勝てるとは思ってないでしょ？」

「どうかな。奥の手の一つや二つあるかもしれないぜ」

「いえ、ないです。ですがユキチさん、私がいることをお忘れでは？」

志藤の言葉を切って捨てると、アムリタが彼を庇《かば》うように進み出た。

雪近が顔をしかめる。

「まったく、アムリタまで。志藤を止めようと思わなかったの？　志藤がいなくなってもあんまり悲しむ保安官はいないかもしれないけど、あなたがいなくなると保安室全体の士気に関わるんだけど」

「……軽くディスられた気がするが、何の話だ？」

「医務室の天使《てんし》、食堂の看板娘がいなくなったら困るって、さっきみんな言ってたわよ？」

「天使？　看板娘？」

「はい」

首を捻《ひね》る志藤に答えたのはアムリタだった。自分の胸に手を当て、真顔で志藤を見上げる。

「私が天使ですが」

「…………………」

「何か不満でも？」

「い、いや。なるほど、そういうことか。医務室や食堂を手伝ってたのは知ってたが、まさか二つ名で呼ばれるほどになってたとは思わなかったな」

「アムリタは保安室の清涼剤として大人気――なんだって。私には分かんないけど」

「皆さん激務ですから、私が何かのお役に立てているなら喜ばしい限りです。そういえばユキチさんが清涼剤になるという話を全く、一つも、誰からも聞かないのはなぜでしょうか？」

「……志藤、この根性《こんじょう》の捻《ね》じ曲《ま》がった子は置いていったら？」

「申し訳ありませんがそれは無理です、ユキチさん。志藤と私は契約を交わしたマスターと魔法生物《ホムンクルス》。マスターの命《めい》とあれば、致し方ありませんので」

「いや、無理をさせるつもりはないぞ？　お前が嫌なら俺一人で――なんでもありません」

志藤を眼力で黙らせてから、アムリタは雪近に顔を戻した。

「というわけで、ユキチさん。通してもらいます」

「そうはいかないって、私言ったわよね？　みんなを巻き込む心配もなくなったし、やるっていうなら、私も本気になるけど?」

「望むところです。ある時は主人の無茶に付き合う健気《けなげ》で可憐《かれん》な魔法生物《ホムンクルス》、またある時は保安室に安らぎを与える癒《いや》しの天使……そんな私の、真の姿をお見せします」

「よく自分で言えるな。いやそれより、待て、アムリタ。俺はまだ……」

「志藤は黙って回復に努めてください」

「賛成よ。言っておくけど、あなた今、無理してるの丸分かりなんだからね?」

「いや、そうは言っても——なんでもありません」

今度は二人に同時に睨《にら》まれて、志藤は顔を背《そむ》けた。

アムリタが再び雪近と視線をかち合わせながら、右手を横に伸ばした。

「兵装展開」

唇から呟きが漏れた途端、少女のほっそりした右腕を、青白く厳《いか》めしい金属が覆った。

どことなくメカニカルなデザインの鎧、あるいは装甲といったところだろうか。アムリタが普段は『格納』している兵装の一つだ。兵装は他にもあり、三角耳型アンテナもそれに含まれるらしい。ただ他の兵装と違ってアンテナは「しまっておくとムズムズして嫌なので」とのことで、出しっぱなしになっているのだ。

装甲の一部——手の甲の辺りから、青白い光の刀身が飛び出す。

「行きます」

「こっちもね」

アムリタの闘志に応えるように、雪近が白杖を構えた。リング状の魔法陣がその先端に灯る。睨み合う両者の間で空気が張り詰め、二人が今にも飛び出そうかという、その時――

「そこまでだ」

突然聞こえた声に、少女二人も志藤も、弾かれたように視線を転じた。

保安官たちの守っていた出入り口。そこに一人の少女――いや、女の子が現れていた。

頭を飾るリボンも身に着けたワンピースもかわいらしい、小学校中学年くらいの女の子。しかし見た目にそぐわない尊大な態度で志藤を睨んでくる。

「ふん。随分と暴れたものだな」

「やっと出たか、本部長《ほんぶちょう》」

魔法総局保安室本部長――つまり保安室のトップ、吉田《よしだ》ナターリアその人だ。

「人を珍獣みたいに言うな。嫌な役をさせたな、雪近。これくらいでいいだろう」

「本部長……じゃあ――」

何かを納得したらしく、雪近が白杖を下ろした。

ナターリアが指を鳴らすと、新手の保安官が次々部屋に飛び込んできた。

一瞬身構えた志藤とアムリタだったが、彼らが担架《たんか》や医療品を手に部屋に散らばるのを見て警戒を解いた。どうやら倒れた仲間を、医務室へ運ぼうとしているだけのようだ。

「どうりで保安官の数が少ないと思ったら」

「私たちを止めるのにもっと人数が割けたはずですが。何故《なぜ》そうしなかったのです？」

「そんなことをしても、被害が増えるだけだろう。そもそもお前たちがその気になれば、壁をぶち抜いて飛び降りれば済む話だ。それをせず、しかもわざわざ私が本部にいる日の真っ昼間を選んでおいて、何をぬかすかこのガキ共は」

こちらを睨んでくるナターリアに、志藤は肩を竦め、アムリタに至ってはしれっと視線を無視した。

「まぁいい。とにかく、お前たちが本気なのは分かった。――ついて来い」

人差し指をくいと動かしてから、踵《きびす》を返すナターリア。戸口を離れ、廊下に消えようとする。

「あ、おい。待ってくれ、俺たちは――」

「分かっている。お前たちには望むものをくれてやるが、その前に話くらいさせろ」

ナターリアの姿が見えなくなると、志藤とアムリタは顔を見合わせた。二人を再び軟禁するための罠《わな》――だとは思えないが、今は出来るだけ危険は冒したくない。

「大丈夫よ」

雪近の声に志藤たちは振り返った。彼女は足元の床に展開した魔法陣に、白杖を突き刺しているところだった。

雪近が白杖から手を放すと、まるで底なし沼に繋がっているかのように、魔法陣が白杖を呑み込んでいく。杖がすっかり収納され、魔法陣自体も掻き消えると、雪近は顔を上げた。

「ああ見えて本部長も、あなたたちのこと気に入っているから。いなくなるのがさみしいんじゃない？」

「聞こえているぞ、雪近！　くだらんデタラメを吹き込むと、後でひどいからな！」

うっと言葉を詰まらせる雪近に、志藤たちは苦笑し、それからナターリアの後を追った。

2. 絶対悪の帰還

かつて東京《とうきょう》に、クラックヘッドと呼ばれる魔法使いがいた。

数多《あまた》のクランを傘下《さんか》に収め、魔法に関わるアンダーグラウンドに絶大な影響を誇った、伝説的巨大《グランド》クラン《ワイズクラック》のリーダーだった男だ。クラン界隈《かいわい》において最強の名をほしいままにした彼の覇権《はけん》は、しかしある夜を境に突如消失する。

一年前に起きた〝パンドラ事件〟によって。

パンドラ事件はクラックヘッドが何か実験的な魔法を試みたことが、直接の原因だとされる。魔法によって生み出された無数の魔法生物《ホムンクルス》が人々を襲い、その一大イベントのために集まった傘下のクランも慌てふためき、最後には事態を収拾するために派遣された保安部隊とクランの魔法使いたちによる、大規模衝突へと発展することとなる。

中心地となったのは新宿《しんじゅく》。結果的に一部の区画が壊滅にまで至った。その夜の、世界の終わりを見るような騒乱は今なお語り草だ。

そしてその混乱の最中、クラックヘッドは他の仲間を見捨てて早々に逃走した。以後の行方は杳《よう》として知れない。

魔法総局にとってはパンドラ事件の首謀者。傘下のクランにとっては裏切り者。一般人にとっては無差別テロリストにも比肩《ひけん》する無法の代名詞。

クラックヘッドの名は現在、あらゆる人々に恨まれる絶対悪と化しているのだ。

「──で、お前たちが本当に欲しいのは、自由は自由でも、クラックヘッドのことを調べる自由なわけだな？」

本部長の執務室。部屋の主であるナターリアは、お菓子が山ほど積まれた大きな机に頬杖をつき、苛立たしげに虚空を睨んでいた。口にくわえられた棒状のチョコ菓子が、せわしなく上下に動いている。

部屋はさして広くはなく、執務机の他にはソファ二脚と、その間にテーブルが一脚置かれるのみだ。志藤とアムリタは一つのソファに並んで座り、大人しくナターリアの小言《こごと》に耳を傾けていた。

「それならそうと、こんなことをする前に言えばよかっただろうに」

「素直にここから出してくれって頼んだところで、許可なんてくれないだろ？」

「当たり前だ、馬鹿者」

「俺たちは自分の手で調査したかったんだ」

「ですからまず、私たちがどれだけ本気なのか分かってもらう必要があったのです」

この脱走劇はそのためのもの。二人に引く気がないことを示し、ナターリアに首を縦に振らせるために計画したものだったのだ。

もちろん、拒否されればそのまま出ていくつもりだったが。

「ふん。言ってみれば、私に対する脅迫だな。ここは刑務所ではないし、お前たちが脱走を決意したのなら我々にそれを止める手立てはない。少なくとも今この瞬間はな。そしてもし本当に脱走されたら、責任を問われるのは私だ。面白くないことに」

「だろうな」

「それが嫌なら、クラックヘッドが起こしている事件を独自に捜査する権利をよこせ、と」

「そういうことだ」

事件の内容は至って単純だ。

東京都内に数多く存在するクランのいくつかが、何者かによって壊滅させられた。《ワイズクラック》消滅後クラン間の縄張り争いは日々激化しているようなので、それだけなら珍しい話でもなんでもない。

だがその何者かは、あろうことかクラックヘッドと名乗ったらしいのだ。そのおかげで、まだ一部の者にしか知られていないものの、クラックヘッドが戻ってきたという噂《うわさ》は確実に広まりつつある。

神妙な顔つきで虚空を睨む志藤に、ナターリアが目を細めた。

「本当にヤツだと思っているのか？　お前のかつての相棒——久瀬《くぜ》アキラだと」

「相棒ね。本当にそうだったのかは俺にも分からないが……」

アキラの名前を出されて、志藤は眉間《みけん》にしわを寄せた。

志藤をクランに誘った張本人――久瀬アキラ。その誘いに志藤が応えたことこそ、《ワイズクラック》の始まりだった。

「それはどうでもいい。とにかくお前はヤツが戻ってきたと、そう言うのだな？」

「そうだ。確かにクラックヘッドを名乗るのはおかしな話だと思う。騒ぎになるのも目に見えてるしな。だが今回の件には、必ずアキラが関わってる。あいつのやり方はよく知ってるんだよ、俺は」

「ふん。仮にも右腕だったなら、そうだろうな。その上裏切られてまでいるわけだから、手口に通じていて当然だ」

ナターリアから視線を外し、志藤は虚空を睨んだ。

「俺だけじゃない。あいつは《ワイズ》の他のみんなのことも裏切った。傘下のクランにも、痛手《いたで》を負ったところは数えきれないほどある。消滅に追い込まれたところすら」

「パンドラ事件の首謀者《しゅぼうしゃ》……久瀬アキラ、か」

思案顔でお菓子を齧《かじ》るナターリア。黙って話を聞いていたアムリタが口を開いた。

「本部長。そもそも私たちがパンドラ事件の後、大人しく保安室に出頭したのはそのためなのです。久瀬アキラを見つけるため」

「そんなことは承知だ。我々に久瀬アキラの情報を流したのも、保安室にヤツを見つけさせるために決まってるしな。クランの他の連中を巻き込むのは嫌だから、我々に押し付けてやろうという腹だったのだろう？　まったくバカにしてくれる」

「まぁ許してくれ。結局、期待したような成果は上げてくれなかったんだから」

「この減らず口めが。お前が事件に関して全てを話したわけではないことくらい、分かっているんだぞ？　傘下のクランや、肝心の《ワイズクラック》のことも詳しく教えようとしないしな」

「《ワイズ》は……他のみんなは関係ない。確かに保安室の手を借りるようなマネはした。だから言えた義理じゃないかもしれないが……これは俺とあいつの問題なんだ」

クラン内でアキラと最も近しい立場にいたのは他ならぬ志藤だ。騙されたのは志藤であり、裏切りに勘付くべきだったのは志藤なのだ。

「だから俺が、あいつにケジメを付けさせなきゃならない。《ワイズ》のみんなは――」

「関係ないかどうかはこちらが決めることだ。全て教えていれば、とっくに久瀬アキラを見つけられていたかもしれんのだぞ？」

「そうはいっても、隠し事はお互い様だろ。俺の話をあっさり信じたことにも、俺を捕まえたことを世間に公表しないのにも、何か理由があるはずだぜ、本部長」

「魔法総局上層部の決定。ただそれだけだ」

ナターリアはすました顔で、こりこりとチョコ菓子を齧《かじ》った。

「とにかく、私たちは今回のクラックヘッドの件を追うつもりです。本部長は先ほど私たちを自由にしてくれるとおっしゃいましたが、本気なのですよね?」

「私は嘘《うそ》は言わん。たまにしかな。条件は付けるが、お前たちには望み通りクラックヘッドのことを好きなように調べさせてやる」

「条件?」

「何もなしに解放はできんだろ。それじゃ私が上から怒られる。まぁ定期的に報告を上げるとかそういう、簡単なものだが……もっとも重要な条件だけ、先に言っておくぞ」

ナターリアが再びチョコ菓子の先を志藤に向けてくる。

「絶対に、お前の正体を知られるな。部外者には、一切な」

「ああ、分かってる」

「今までも散々言われてきましたからね。おかげで心苦しい場面もありますが」

「世間に公表もせずにお前を捕えているなどと知れたら、そこら中から不満噴出だ。私の地位や経歴、今後の計画その他もろもろに支障が出る」

「ご自分のことばかりじゃないですか」

「自分がかわいいからな。なに、嘘も方便だと思えばいい。真実よりも、よほど扱いやすいだろう?」

「ああ、そうかもな」

志藤が重苦しいため息を吐く。その後は詳しい条件を聞き、簡単な手続きに時間を費やした。

結局、志藤たちが保安室を出ていったのは翌日のことだった。

∴　∵　∴　∵

保安室本部ビルのドアをくぐった志藤とアムリタを出迎えたのは、春の日差しだった。

ゴールデンウイークを過ぎたばかりの五月。敷地の隅に植えられた桜は、花をすっかり散らせて、瑞々《みずみず》しい葉桜《はざくら》へと変わり始めている。

青空に昼過ぎの太陽が輝き、鳥たちが群れを成して飛んでいく。温かな風が一瞬強く吹き付けて、そして去っていった。

「外の空気は久しぶりだな、アムリタ」

志藤は陽光を浴びながら伸びをした。ツナギから私服に着替えていたが、首に下げた吸入器はそのままだ。

服はアムリタが注文したもので、脛《すね》の途中まで捲《まく》りあげたジーンズは濃い藍色、足元は白っぽいスニーカーと至って普通だった。ただし上に着たパーカーは、目に痛いようなピンク色。服装にこだわりのない志藤もさすがに一瞬躊躇《ためら》った。結局は黙って袖を通したが。

アムリタが辺りを見回しながら応じる。

「そうでしょうね、志藤は。私は少しは外出を許可されていましたから、そうでもないですが」

「…………」

「さて。私たちの補佐をするという保安官が、待っているはずなのですが」

「しれっと言ったけど、ちょっと待て。それ初耳だぞ？　なんで俺とお前でそんなに待遇が違って――」

と、

「凄い色の服ね、志藤」

呆れたような声が志藤の言葉を遮《さえぎ》った。入り口前の天井を支える柱の陰から、一人の少女が現れ、二人を睨んでくる。雪近《ゆきちか》だった。

（まさか……）

志藤は唖然として口を開ける。アムリタが不思議そうに首を傾《かし》げた。

「ユキチさん。見送りですか？」

「だから雪近！　二人して、ヒトに変なあだ名付けないでくれるっ？」

「待ってくれ。まさか俺たちの監視役って、お前なのか？」

えっ、と弾かれたように顔を上げるアムリタ。志藤たちに保安官が一人同行することは、ナターリアに課された条件の一つだった。ナターリアは補佐だと言っていたが、実際のところ同行者は志藤たちに目を光らせ、本部に逐次《ちくじ》報告する任務を負っているはずだ。

雪近が腰に両手を当てて言う。

「そういうことよ」

「ユ、ユキチさんは学校があるじゃないですかっ」

「ちゃんと申請すれば、保安官としての勤務は出席扱いになるから。テスト勉強はあとで大変だけど、あなたたちの監視役が務まる保安官なんてそういないでしょ？」

「なるほど。まったく、本部長も無理をさせる」

「あ、いや、私が自分から願い出たんだけど……」

「そういうことですか」

アムリタが頷きながら、眉間にしわを寄せる。

「ユキチさんはクラックヘッドの大ファンですからね」

「ふぐっ⁉　べ、別にそんなことはっ……」

「危ないところを助けられたことがあるだか何だか知りませんが、クラックヘッドの顔も分からないのですよね？」

「し、仕方ないじゃないっ。その時は……それにあなたたちが教えてくれれば――」

「それは俺たちに言わないでくれ。パンドラ事件のことは極秘扱いらしいからな」

事件とそれに関わるものの詳細は、保安室でもナターリアや彼女の補佐官など、ごく少数の人間にしか明かされていないのだ。

雪近がむっと口をへの字に曲げる。

「分かってるわよ、そんなこと。私は自分の力でクラックヘッドを見つけてみせるんだから」

「なんだかストーカーみたいですね、ユキチさん」

「スト……！　ち、違うわよ！　私はただ、あれだけの実力を持った人が、それを世の中の役に立てないのはもったいないなって思ってるだけ！　だから私はクラックヘッドを捕まえて、更生させるために——」

「最年少記録を更新するほど頑張って保安官になった、と」

「う、うん……まぁ」

「ストーカーみたいですね」

「違うってば！」

顔を赤くして首を振る雪近に、アムリタが仏頂面《ぶっちょうづら》で嘆息した。雪近がクラックヘッドの話をしだすと彼女は決まって不機嫌になる。いつものことだ。

「クラックヘッドに過剰な興味を示して欲しくはないのですが」

「それはこっちのセリフよ。あなたたちこそクラックヘッドのことは忘れて、前に進むべきだと思うな」

「忘れて、か……」

志藤の頬に自嘲《じちょう》的な笑みが浮かぶ。

「そいつは無理な相談だな。自分がやってきたことから、逃げられやしないんだ」

「別にパンドラ事件はあなたの責任じゃ……」

雪近が眉根《まゆね》を寄せた。瞳を伏せて呟く。

「割り切れないのは分かるけど、そ、そういう顔をされると心配になるよ。だから……その、放っておけないって言うか……なんだ、あの……私がしっかり見てなきゃって――」

「何ぶつぶつ言ってんですかユキチさん」

「へぅ⁉」

尻すぼみに声を小さくする雪近に、アムリタがずいと顔を寄せた。

「ユキチさんはあれですか。クラックヘッドを――とか言っておきながら、志藤の心の隙間に入り込もうとしてますか。全て計算ですか」

「そ、そんなわけないじゃない！　計算なんか――っていうか私は別にっ、そんなっ、なんとも思ってないし！　思ってないし！」

「一人で盛り上がらないでください」

「誰のせいよ！　と、とにかく！　あなたたちが調査にかこつけて悪さしないように、私がしっかり見張らせてもらうから！」

まだ頬に赤みを残しながら、雪近が気を取り直すように咳をする。

「あなたがこの一年で更生したって言えるのか私には分からない。だからこの監視で、あなたが更生したのか悪者のままなのか……正体を見極めてやるんだから。覚悟しなさい、志藤！」

（正体、ね……）

こちらを指さす雪近に、志藤は思わず苦笑した。雪近が同行するとなるといろいろとやりにくいが、彼女が優秀なのは確かだ。不服を申し立てる理由はない。

「分かった。学校も仕事もあって忙しいのに、つき合わせて悪いな、ユキチ。よろしく頼むよ」

「え？　あ、うん。あ、あんまり素直すぎてもリアクションに困るんだけど……」

「では私からも。ユキチさん……」

「いい加減ユキチって言わない。ってゆか、アムリタ、あなたまでおだてる気？　言っておくけど、褒められても甘くはしないからねっ？」

「甘くしなくて結構ですので、他の方とチェンジでお願いします」

「できるわけないでしょ！」

噛みつくように言う雪近に、アムリタは鋭く舌打ちした。

病院特有のにおいが漂う広い廊下を歩きながら、雪近は横に並ぶ志藤をちらと見上げた。

（やっぱり志藤も、クラックヘッドを恨んでるんだよね……）

幹線道路をタクシーで走ること十数分、三人は新宿区の外れにやってきていた。目的地は病院だった。

魔法総局の運営する総合病院で、通常の治療の他に、魔法を用いた治療の研究・実践《じっせん》も行われている。魔法による特殊なダメージを専門に扱う科もあり、雪近たちはその科で治療中の、とある入院患者を訪ねようとしているところだった。

（裏切られたんだから、当然ではあるけど）

それは本部長からも聞かされているし、志藤自身を見ていてもよく分かることだった。

本部長の話では、クラックヘッドの世間に知られぬ本当の名は――久瀬《くぜ》アキラ。彼を見つけ出すことがここ一年の、保安室の最重要指令となっている。

その反面で情報の規制が厳しいのは、納得がいかないが。

（でも……）

雪近は視線を下ろして俯《うつむ》いた。かつてまだ魔法を本格的に学ぶ前、雪近はクラックヘッドと遭遇し――助けられている。その時の少年と、パンドラ事件を引き起こしたクラックヘッドとのイメージは、彼女の中でうまく結びつかなかった。

一方で仲間を見捨て、一方で見知らぬ他人を助ける――

（そういう気まぐれなだけの人なのかな……今回もクランを襲って回ってるし……）

「……チさん」

雪近が保安官になったのはパンドラ事件の後、志藤が保安室に出頭して数カ月が過ぎた頃だ。その時には事件の詳細は機密事項となっていたため、彼女の知識もメディアから得られる情報と大差はない。

「ユキチさん」

（まったく、名前だけでどうやって探せって言うのよ。本部長もなんか大事なこと隠してるっぽいし……もうっ）

「ユキチさんっ！」

「ひゃっ！」

アムリタの声に、雪近はびくと肩をはねさせた。

「何をぼーっとしているのですか。下見て歩いてたら危ないですよ？」

「ご、ごめん。それで、何か言った？」

「いや、そろそろ詳しく教えて欲しいと思ってな。――俺たちは誰に会いに来たんだ？」

「あ、うん。そ、そうね。じゃあちょっと話を整理するね」

頷くと、雪近は一つ咳払いをしてから人差し指を立てる。

「クラックヘッドが壊滅《かいめつ》させたクランは今のところ四つ。全てここ一週間で起こってるわ」

「一週間で四つですか。随分頑張りますね」

「クランの規模は？」

「初めの二つは比較的小さいクランね。三つめが《オーバードーズ》っていう……」

「《ドーズ》が？」

雪近の言葉に、志藤は眉間に深々としわを刻んだ。

「知ってるの？」

「《ワイズクラック》の傘下だったクランだ。その頃は下北沢《シモキタ》・代々木《よよぎ》辺りの雄《ゆう》だったし、手練《てだ》れもいたはずだが……」

「うん。パンドラ事件後にいくらか主要メンバーは抜けてるけど、それでもクラン界隈《かいわい》では一目置かれる存在だったみたいね。にもかかわらず三十人近くいたメンバーの、ほとんどがやられたわ。残念だけど、クランとしてはもう終わりだと思う」

「……そうか」

志藤が淡々と頷き、僅《わず》かに瞳を伏せた。

ほとんどがやられたということは、縄張《なわば》りを守るだけの力を失ったということだ。縄張りを賭けた戦いに負けたのではないのだとしても、壊滅に近いやられ方をしたのでは、《オーバードーズ》の勇名《ゆうめい》は地に落ちる。周囲のクランは、彼らの回復を指をくわえて待つことなどしないだろう。

アムリタが気遣わしげに志藤の顔を覗きこんだ。

「大丈夫ですか、志藤」

「ああ。それで雪近、俺たちが会うのは？　どこかのクランのメンバーなんだろ？」

「そう。一番最近潰されたクランにいた女の子よ。一昨日《おととい》ここに運び込まれたばかりで、名前は樋田香里《ひだかおり》さん。十三歳の中学生ね。今まで魔法に関わることで補導・逮捕された経歴はなし。病院送りにされた魔法使いの中で、唯一協力的な子よ」

「クランの連中は保安官を嫌うからな」

「ホントにたまったものじゃないわ。香里さんのいたクランは《ゲーティア》っていって、他にも五、六人が被害に遭ったんだけど、彼女以外のメンバーは何も話してくれないの。動けるようになったら、病院から即脱走した子もいるくらい」

「災難だったな。――それで、その香里って子も魔法が？」

「ええ、使えなくなってるそうよ」

志藤が深刻な表情で頷く。彼が今回の事件をただの騙《かた》りではないと判断したのは、おそらくこれのためだろう。

これから会う樋田香里だけではなく、クラックヘッドに襲われた全員が、魔法が使えない状態に陥《おちい》っているというのだ。あるいはそれは――

「志藤の呪いと、同じものかもしれませんね」

「かもな」

呪いのことは、雪近にもいくらかは明かされていた。その活動を抑制《よくせい》する薬はこの病院で開発されたもので、出頭したばかりの頃の志藤は検査もかねてここに、秘密裏《ひみつり》に入院させられていたらしい。

だが雪近が保安官になったのは彼が退院した後だ。呪いの性質については知っているものの、それを負うことになった経緯などは聞き及んでいなかった。

(パンドラ事件で何かあったらしいけど……)

聞いてみたいが、やはり極秘扱いの部分なので躊躇《ためら》っていると、アムリタが再び口を開いた。

「襲われた方々が魔法を使えなくなった原因は、分かっているのですか?」

「え? あ、ううん。それはまだ、検査の結果待ちみたいね」

「そうですか……」

「とにかく、詳しいことは本人に聞きましょう」

雪近はドアの一つの前で立ち止まる。ネームプレートには樋田香里の名前しかなかった。

もともと彼女たち《ゲーティア》のメンバーが入院していたのはこの病院ではない。香里が保安室に協力していることを知られないよう、退院したことにしてこちらに移ってもらい、さらに個室を与えたのだ。

雪近のノックに、か細い声が答えた。

「ど、どうぞ」

∴　∵　∴　∵

ドアを潜《くぐ》ると、志藤は清潔そうな白い部屋をざっと見回した。さして広くもなく、目に付くものもベッドとサイドチェストくらいだ。一つしかない窓は半ば開かれ、吹き込む風がカーテンを揺らしていた。

ベッドの上には、サイドボードに背を預けた少女の姿がある。

「あなたが樋田香里さんね？」

「は、はい……」

「身体は大丈夫？　今、少し話を聞かせてもらってもいい？」

「大丈夫、です」

香里は緊張した様子で頷いた。なんだか儚《はかな》げな少女で、伏し目がちな瞳を縁どるまつ毛も、肩に落ちた髪もひどく繊細《せんさい》だ。入院着に包まれた身体がひどく華奢《きゃしゃ》なためか、こんなことがなくても病気がちですと言われれば信じられそうだった。

「じゃあちょっと失礼して」

雪近はベッドの端に腰を下ろした。香里と視線を合わせてにっこりとほほ笑む。

「魔法総局保安室、保安官の須山《すやま》雪近よ。あ、ちなみにこっちの二人は助手ね」

志藤たちの紹介は大胆にカットする雪近。アムリタが志藤の袖を引っ張り、小声で囁いた。

「実に自然に、捜査《そうさ》の主導権を握られた気がするのですが」

「分かってる。でも、あの子は雪近の方が話しやすいだろ、きっと」

志藤も声を潜めて応じる。アムリタは頷いて、雪近たちの方へ顔を戻した。

「それで、早速聞かせてもらっていい？　あなたたちが襲われた時のこと」

「えっと……突然でした。《ゲーティア》は結成してまだ半年くらいで、縄張りなんて全然ないんですけど、みんなで集まることはよくあって……」

「メンバーはどうやって知り合ったの？」

「あっ、みんな同じ塾に通ってるんです。魔法の」

香里は一度俯《うつむ》けた顔をぱっと上げた。

習《なら》い事《ごと》として魔法教室に通うことは、珍しいことではない。魔法総局は影響力を強める一方だし、総局の関連機関以外からも——民間の会社や研究所からも、魔法使いは引く手数多《あまた》だ。優秀な魔法使いや術式の設計者となれば、結構な確率で将来は安泰だろう。

中には将来のことなど考えず、ただの興味から魔法使いの道を突き進む者もいるのだが。

「その日も公園に集まってたんです。都合のついた人だけで、全員じゃないんですけど」

「集まって何をしてたの？」

「特には……。そもそも《ゲーティア》自体、クランらしいことは何もしてなかったので」

「何も？　他のクランに勝負を挑むとか、傘下になるとか、そういうことは？」

「いえ。他のクランの知り合いも、特にいませんし……」

これもまたよくある話だ。チームを組んで、クランとして名前を付け、そしてそのあと途方《とほう》に暮《く》れる。一体何をすればいいのか分からないのだ。

志藤たち《ワイズクラック》もそうだった。

例えば縄張りをかけた決闘も、自分たちの縄張りか、あるいはそれに匹敵《ひってき》する何かを持っていなければ成立しない。かといってどこかの傘下になるのも嫌だ。結局、何をするでもなく集まるだけになる。

だが今にして志藤が思うのは、クランをクラン足らしめる条件など、きっとないのだということだった。見知らぬ魔法使いと互いの技を見せ合ったり、競い合ったり、あるいは協力して術式作りに挑戦してみたりするうちに、仲間は勝手に増えていった。仲のいいクランも出来たし、敵対するクランも現れた。

何もかもいつの間にか――だ。

そんなことを繰り返すうちに、気づけば、たった二人で始めた《ワイズクラック》がグランドクランと呼ばれるまでになっていた。

（《ワイズクラック》か。みんな今は、なにしてるんだろうな……）

グランドクランなどという呼称に反して、《ワイズ》のメンバーは多くない。傘下のクランの数が尋常《じんじょう》でなかっただけだ。

パンドラ事件後、志藤は仲間と顔を合わせることなしに保安室に出頭した。だから残されたメンバーは、彼がこの一年どこで何をしていたのかも知らないはずだ。そして志藤もまた、

《ワイズクラック》がなし崩し的に消滅したこと以外、メンバーのその後に関しては何も聞き及んでいなかった。

「それで、あなたたちを襲った魔法使いのことなんだけど」

いつの間にか無関係な方向へ流れていた志藤の意識は、雪近の声で現実に引き戻された。

「本当にクラックヘッドを名乗ったのね？」

「間違いありません。あたしたちが知ってるクラン全てに伝えろって、言ってました。『俺が、クラックヘッドが帰ってきたことを』って。『今度こそ、東京中の魔法使いを支配してやる』って……」

「え？」

「どんなヒトだったのです？」

ふいにアムリタが口を挟む。香里は顔を上げ、そこで初めて彼女をちゃんと視界に捉えたらしく、頭から生えた三角アンテナを不思議そうに見つめた。

「クラックヘッドの外見です。何か特徴はありましたか？」

「あ、はい。えっと、それが……顔は全然分からないんです」

「どういうこと、香里さん。あなたもその場にいたのよね？」

「はい。ただ、クラックヘッドは黒い鎧《よろい》っていうか、強化服？　みたいなのを着てて、頭もすっぽり隠れていたので。でもあの人は間違いなくクラックヘッドだって、一緒にいた子が……」

「その子はどうして、そう言い切れたの？」

「【煉鉄《れんてつ》】です」

香里の説明は短かったが、それで十分だった。雪近が得心したように頷く。

「煉鉄……クラックヘッドの使っていたマナフレームね？」

固有結装《マナフレーム》は非常に特異な魔法だ。

マナを結晶化して道具とする魔法なのだが、固有と名の付くように、同じ術式でもそれを使う魔法使いによって、姿形も性質も全く違うものが発現する。

もともとは他の魔法を補助し、発動までにかかる時間を軽減するために作られたものだと言われている。その機能も保持しているため、マナフレームはこと戦闘においては非常に重宝《ちょうほう》される魔法となっていた。

クランの魔法使いは特に使用頻度《ひんど》が高い。クラン界隈では仲間内以外にはあまり名を名乗らないため、時としてマナフレームが、その魔法使いの代名詞となり得る。

代表的な例が、クラックヘッドのマナフレームとして有名な【煉鉄】というわけだ。

アムリタが驚いたような声を上げる。

「襲撃者が【煉鉄】を使っていたというのですか？」

「はい」

「確かですか？　マナフレームは一人に一つ。同じものは二つとありませんが、見間違いということはないですか?」

「え、えっと……そう言われると、あたしは断言できないんですけど。でも《ゲーティア》にはパンドラ事件以前のクランに詳しい子がいて、その子が間違いないって……」

「むぅ。それでは何とも――」

「ちょっと待って」

柳眉《りゅうび》を顰《ひそ》めるアムリタの言葉を遮《さえぎ》り、雪近がサイドチェストに手を伸ばした。香里に一言断ってから、部屋の備品らしいメモ帳とペンを取る。

雪近はさらさらとメモ帳にペンを走らせると、ものの数秒でイラストを一つ描き上げた。飾り気のない短冊形の刃を備えた、剣のイラストだ。

「これだった?」

「も、ものすごくリアルな絵ですね」

「【煉鉄】なら私も一度見たことがあるの。大きさは担《かつ》ぐくらいで、剣っていうか、もう鉄板に柄がついてるだけみたいな。真っ黒で、装飾もなくて、武骨《ぶこつ》なんだけどそれが逆に渋いというか格好《かっこう》いいというか……よく覚えてるものだから絵にまで描けるようになっちゃって――」

「ユキチさん、そこまで聞いてないです」

マニアが自分の趣味を語るような熱量を発揮《はっき》する雪近を、アムリタが呆れた声で遮《さえぎ》った。

雪近が我に返って、気まずそうに視線を泳がせる。

「こほん……と、とにかく、これで間違いない？」

「はい。あの時クラックヘッドが使ってたのは、まさにこれでした」

「なるほど。そうですか」

頷いて、アムリタが志藤の方をちらと見上げてくる。

彼女は実際に【煉鉄】を目にしたことがない。だから怪しんでいるのだろうが、雪近のイラストは気持ち悪いくらいに完璧だった。

アムリタの疑問は後回しにして、志藤は香里に聞く。

「そいつ……クラックヘッドが《ゲーティア》や他のクランを狙った理由に、心当たりは？」

「あたしたちはクランらしい活動なんてしてませんでしたし、何も思い当たることは……」

香里が力なく首を振った。

「ただ、次にどうするつもりなのか、少し話してました」

「それホント？　だとしたら大きな手掛かりになるわ」

「ですね。次に襲われるクランが分かれば、先手を打つこともできるかもしれません」

「えっと、クランって言うか……そのクラン自体はもうないんですけど。あとなんでそんなことするのか分からないので、もしかしたらあたしの聞き違いかも知れなくて……」

「大丈夫。言ってみて」

「クラックヘッドの次のターゲットは……」

香里は一同を見回すと、自信なさげに呟いた。

「《ワイズクラック》のメンバーだった人たちだそうです」

3. 休戦の街

「【煉鉄《れんてつ》】ですか……」

雪近《ゆきちか》より一足先に病室を出るなり、アムリタが小声で囁《ささや》いた。

「どう思いますか、志藤《しどう》。【煉鉄】は――」

「今はそれどころじゃない。急ごう」

「え？　あ、ちょ、志藤！」

早足で部屋の前を離れる志藤を、アムリタが慌てて追いかける。

「こら二人とも！　病院なんだから、ゆっくり歩く！」

志藤ははっと足を止めた。短い声を上げて、アムリタが背中にぶつかってくる。

志藤が振り向くと、アムリタは鼻を押さえながら身を離した。呆《あき》れたように嘆息《たんそく》する雪近が、二人に追いついてくる。

「まったく」

「悪い。つい……」

バツが悪そうな顔をする志藤。アムリタが両手を腰に当てて志藤を見上げる。

「気を付けてください、志藤。病院なんですから」

「いや、私あなたにも言ったんだけど……」

「そもそもどこへ行くつもりだったのです？　昔の仲間が心配なのは分かりますが、彼らが今どこにいるのか、志藤にも分からないはずです」

「そうよ。あなたがメンバーを明かさないから、保安室だって探しようがないんだから」

「分かってる。けど、知っていそうな人に心当たりがあるんだ」

　アムリタが真顔で小首を傾げた。

「知っていそうな人、ですか？」

「俺《おれ》が《ワイズクラック》時代に下宿してたとこの、管理人だよ」

「へー。志藤ってその頃、どこに住んでたの？」

　これも、志藤が保安室に明かさなかったいくつかの事柄の一つだ。下宿先には非常に世話になったので、迷惑をかけるわけにはいかなかったのだ。

　大して説明もせずにいなくなったことを、怒ってなければいいのだが。

（いや、無理か……）

　志藤は思わず身震《みぶる》いすると、アムリタと雪近が不思議そうに顔を見合わせた。

「志藤？　どうしたのです？」

「あ、いや、なんでもない。どこに住んでたか、だったよな？」

志藤は一つ咳払いをして、先を続けた。

「秋葉原《あきはばら》だよ」

秋葉原はクランとして活動する魔法使いにとって、特別な街の一つに数えられる。秋葉原がクラン同士の不文律《ふぶんりつ》によって、緩衝地帯とされているためだ。

「中立地帯、もしくは休戦地ってところだな」

秋葉原の目抜き通りである中央通りから少し離れた、いわゆるオフストリートの路地を歩きながら、志藤は懐かしげに周囲を見回していた。電気部品を売る小さな店やコスプレ喫茶などを詰め込んだ雑居《ざっきょ》ビルが、所狭しと並んでいる。

メイド姿の女性があちこちでチラシを配っていたり、軒先でCMを繰り返し流しているモニターが喧《やかま》しかったりと、雑多な活気に満ちているのもそのままだ。

「どんなクランも縄張りになんてできないし、クラン同士の争いを持ち込むのもダメだ」

「ほう。そんなこと、誰が決めたのです？」

「誰ってわけじゃないが……」

「この辺りには先端的だったり、実験的だったりする魔法系ベンチャー企業と研究所が多いの。そういう地域には、クランなんてやってる連中もさすがに気を使うらしいわね」

「先端魔法研究《ウィザーズクラフト》には敬意《けいい》を示さないとな。休戦地じゃ仲の悪いクラン同士でも戦いにはならないから、交渉や交流の場としてよく利用されるんだ」

「だから情報も集まりやすい――というわけですね？」

「そういうことだ。まぁ、休戦地は秋葉原だけじゃないけどな。丸《まる》の内《うち》とか、多摩《たま》市の一部とか、浅草《あさくさ》とか。みんながみんなウィザーズクラフトが盛んな地域ってわけじゃないが、いろんな理由から――」

「あれ？　丸の内でクラン同士の衝突なんて、最近はよくあるけど？」

「はぁ⁉」

志藤が噛みつくように吠《ほ》える。雪近がぎょっと身を引き、それから口を尖《とが》らせた。

「わ、私に怒らなくてもいいじゃない」

「あ、いや……怒ったわけじゃないが、信じられなくて。そんなことしたら周辺のクラン総出で、衝突したクラン両方に制裁があるはずなんだが」

「うーん……制裁なんかがあったって話は聞いたことないけどなぁ」

「待ってくれ、そんなはずは――」

「志藤は一年も保安室に囚《とら》われていたのですから、状況が変わっていても仕方がありません」

「そうは言っても一年だぞ？　たった一年で、休戦地の不文律が無視されるようになるのか？」

「『たった』じゃないわよ。パンドラ事件の前と後じゃ、魔法使いにとっては全く別の時代なんだから」

「…………」

　途端、志藤の顔に影が落ちた。道の端で立ち止まって、そうしなければ膝から崩れ落ちそうだとでもいうように、建物の壁にすがる。

「そ、そんな、あからさまに落ち込まなくてもいいじゃない！　べ、別に今のは志藤とか《ワイズクラック》を責めたんじゃ——」

「暗《あん》に、不文律が破られるようになったのは《ワイズクラック》のせいだって言いましたよ？　ひどいですね、ユキチさんは。もう二人で行きましょう、志藤」

「言ってない、言ってないってばそんなこと！　あとユキチって言うなっ！」

　アムリタに腕を引かれ、暗い顔のままとぼとぼと歩を進める志藤。雪近が慌てて二人を追いかける。

「と、ところで私たちが向かってるところってこの近くなの、志藤っ？」

「え？　あ、ああ……もうすぐ——」

「志藤、無理に口をきかなくてもいいんですよ？　私に言ってくれれば、紙に書いて伝書鳩《でんしょばと》に括《くく》り付け、ユキチさんに届くよう祈りながら空に解き放ちますので」

「それ伝えるつもり無いでしょ！　志藤この子、私に対する風当たり強すぎない⁉」

「アムリタ」

「む……なんですか急に立ち止まって。わ、私は悪くないですよ？」

「十分悪いわよ。悪魔の子かと思ったわよ」

「そうじゃなくて、あそこだ。あれがさっき言ってた俺の下宿先だよ」

志藤は横手に伸びた、今いる通りよりさらに狭く、薄暗い路地を指さす。その視線は路地の中ほど、一階の入り口に紺色の暖簾《のれん》のかかったビルに注がれていた。

暖簾には白抜きで『九十九庵《つくもあん》』とある。

「何かのお店なのですか?」

「入れば分かる」

志藤は早足で、その薄暗い路地へと道を折れた。

不意を突かれたためか、志藤の手首の辺りを摑《つか》んでいたアムリタの指が外れる。

「ぬあっ。——ま、待ちなさい志藤っ」

「ふふん」

「なんですかユキチさん、その憎たらしい顔は」

「べーっにー」

「ユキチと生き血って似てますよね」

「脈絡もなく悪口言わないでくれる⁉」

志藤が九十九庵の入り口に手をかけた頃に、決して仲良さげとは言えない様子で、二人が追いついてきた。

入り口は木枠に擦りガラスをはめた引き戸で、随分と年季《ねんき》が入っていそうな雰囲気だ。

「よし」

一つ気合いを入れてから、志藤は戸を引く。暖簾をくぐると、八畳ほどしかない狭い店内が露わになった。店内に並べられているのはオモチャだ。

壁際に置かれたワゴンでは、種々雑多なプラモデルのパーツが量《はか》り売《う》りされていた。店の隅には等身大の美少女フィギュアと人間サイズのロボットが肩を並べ、平台には見たこともないチビキャラや、謎のクリーチャーなどのオモチャがひしめいている。美少女キャラの頭部のみを立体化した置物が、生首のように列をなしている一角は特に異様だった。

志藤に続いて店に入ってきたアムリタと雪近が、戸惑いを隠せずにいる。

「志藤、入ってみても何屋さんか分からないのですが」

「オモチャ屋だ。多分。正直俺にもよく――」

「いらっしゃいませー」

不意に店の奥から声が響いた。カウンターの裏、長い暖簾に仕切られた向こう側から人影が現れる。

「どんな御用で――」

店名の記されたエプロンをつけた女性は、暖簾を手でよけながらにっこりと笑って――そして笑顔のまま凍り付いた。

緩やかに波打つ長い髪と柔和《にゅうわ》な笑みが、どことなくおっとりした印象を与える女性だった。志藤がいない間に二十歳を迎えたはずだ。長いエプロンの下には、足に吸い付くような細身のデニムパンツと、同じように身体のラインを浮き彫りにする薄手のセーターを身に着けている。エプロンとセーターを高々と突き上げている胸のふくらみは、この一年でさらに成長したようだった。

柏木若菜《かしわぎわかな》。九十九庵の店主兼管理人であり、そして——

若菜が笑顔を崩さず、しかし信じられないといった声で呟く。

「志藤ちゃん？」

「「志藤ちゃん⁉」」

アムリタと雪近が、若菜の言葉をそっくりそのまま繰り返した。二人とも険しい瞳で志藤を見やる。

志藤はそれどころではなく、ひきつった笑みを若菜に向けていた。

「ひ、ひさしぶり……」

「もうっ、この子は。帰ってくるなら先に連絡くらいしなさい？」

「ごめん」

「一年も電話一本してこないと思ったら、これなんだから」

若菜は苦笑しながらカウンターを回り込む。志藤は頬をひきつらせたまま微動だにしない。

アムリタと雪近も互いに視線を交わし合《あ》ったものの、とりあえず様子見と決めたようで、その場から動かなかった。

三人の方へと歩み寄りながら、若菜は顎《あご》の下で手を合わせ、再び柔らかく微笑んだ。

「おかえり、志藤ちゃん」

志藤は一瞬驚いたように眉を上げる。ふっと肩から力が抜け、気づいた時には自然に笑っていた。

「ああ。ただいま」

「ふふっ」

なおも微笑を零《こぼ》しながら、若菜が一歩、力強く踏み込む。素早く身体を回して志藤に背を向けると、同時——

「『ただいま』じゃねーだろこのトンチキがぁあッ！」

「げぶぅはッ！」

美しいまでに体重の乗った後ろ蹴りが、志藤の腹を撃ち抜いた。志藤の身体が宙をかっ飛び、玄関の引き戸をぶち破って路面を転がる。

「志藤ーー！」

「え、なに⁉　今何が起こったの⁉」

アムリタと雪近が、慌てて路地に飛び出した。志藤はサンダルの底を叩きこまれた腹を押さえ、激しくせき込んでいた。強化魔法を纏《まと》わずに喰《く》らう空手有段者のマジ蹴りは、さすがに痛い。

アムリタたちが志藤の両脇に屈み込む。

「志藤、志藤大丈夫ですか⁉ 見た限りクリティカルヒットでしたが⁉」

「あなたあの人と知り合いなんじゃなかったの⁉」

「し、知り合いというか……」

「どいていなさいな、お嬢さん方」

地の底から響くような声に、アムリタたちが揃って肩を震わせる。彼女たちが振り向くのと、若菜が壊れた引き戸を跨《また》ぎ、薄暗い路地へと出てくるのはほぼ同時だった。

先ほどまでの笑顔はどこへ行ったのか、若菜は見開いた瞳に殺気をみなぎらせていた。バキバキと指を鳴らしながら、ゆっくりとした足取りでこちらに近づいてくる。

「これから志藤ちゃんを、三枚に下ろすから」

「目が本気だ！ ちょ、ちょっと待ちなさい！ いきなり何のつもり⁉ 事と次第によっては見過ごせないわよ！」

「その通りです。それ以上近づいてみなさい、ただでは済ましません。志藤、一体この人何者なのです」

「俺の姉ちゃん……」

みたいなものだ、というセリフは、せり上がってきた咳《せき》に掻き消された。

咳が収まると共に再び顔を上げると、戦闘態勢に入っていたはずのアムリタたちが、なぜか構えを解いていた。アムリタがスカートのすそを摘まんでお辞儀《じぎ》をし、雪近など何を思ったか、背筋を伸ばして敬礼している。

「これはこれは、お姉様。献身《けんしん》こそ我が喜び、博愛《はくあい》の魔法生物《ホムンクルス》・アムリタと申します」

「魔法総局保安室、最年少保安官の須山《すやま》雪近です！　初めまして、志藤くんのお姉さん！」

「失礼しました。こんなきれいなお姉様がいらっしゃるなど、志藤から聞いていなかったもので」

「本当に。教えてもらっていれば菓子折りの一つも持ってきたんですけど……」

「おい二人とも、なんだその手のひら返しは⁉」

志藤が愕然《がくぜん》と声を張る。若菜も思いがけない反応だったのか、きょとんと足を止めていた。

∴　∵　∴　∵

「志藤の保護者、ですか？」

「ええ。そうなるわね」

破壊された引き戸をなんとかはめ直し、ガラスの破れた部分に在庫の抱き枕カバーを貼り付けると、四人は建物の二階へと移動した。

二階は広々としたフローリングの部屋で、片端にはカウンターキッチンが、反対の隅には一段高くなった畳張りのスペースが見えた。カウンターキッチンの前にはダイニングテーブルが置かれ、テレビを置いた一角にはソファが組まれている。上階へ続く階段の下には観葉植物などが配され、居心地のいい空間を演出していた。

若菜はアムリタや雪近と向かい合うように座り、志藤は両者の間、テーブルの短辺に置かれた椅子に腰を下ろしていた。

若菜が頬に手を当てて眉根を寄せる。

「えーっと、志藤ちゃんのご両親は……」

「ああ、大丈夫、二人とも知ってるよ」

志藤の両親は事故で亡くなっており、その後保護者となっていた祖父も数年前に天寿を全《まっと》うしている。

「志藤ちゃんのおじいさんがうちの両親の恩師でね？　昔から家族ぐるみの付き合いだったの。その縁で、ここに住んでもらうようになってたのよ」

「そういうことでしたか。お姉様と聞いて不思議に思っていたのですが、なるほど……」

「血縁の方では……実の姉ではないってことね？」

「ああ。で、おじさんとおばさんは結構前から海外にいるから、今は姉ちゃんが保護者みたいなもんなんだよ」

「「ん？」」

アムリタと雪近が同時に首を傾げる。

互いに視線を交わした後、アムリタが口を開いた。少々、声が上ずっていた。

「えっと、ですね。志藤？」

「どうした」

「えー……」

何が言いづらいのか、アムリタは助けを求めるように、ちらと雪近を一瞥《いちべつ》した。雪近は一瞬顔をしかめてから、志藤に顔を向ける。

「つ、つまりね？　志藤は一年前まで、若菜さんと二人でここに住んでたの？　――ってアムリタが聞きたいらしいわよ？」

「ユ、ユキチさん、そういう言い方はずるいですよっ？」

「二人？　いや。三、四階が賃貸で、そこにも人が住んでたよ。この部屋って、住民の共有リビングなんだぞ？　正確にはリビングダイニングだが」

「なるほど。それならいいでしょう」

「そうね」

二人がほっと息を吐く。何に対して承諾が得られたのか、志藤にはよく分からなかった。

ちなみに若菜は《ワイズクラック》のことも、《ワイズ》と志藤の関わりもよく知っている。

「それで、志藤ちゃん。志藤ちゃんは今の今まで一年間も、一体どこで何をしてたのかしら？」

「いや、それは……前に説明した通りで」

「ああー。それって志藤ちゃんがいなくなる前にかけてきた、最後の電話のこと？　ふーん、なるほどー。――あ、ところでね、志藤ちゃん」

若菜が何気ない仕草《しぐさ》で志藤の肩に手を置いた。

「私最近、片手でリンゴが潰せるようになったの」

「いだだだだッ！　姉ちゃん、いや姉様！　俺の肩はリンゴではない上に、リンゴを潰すには過分な圧がかけられているんですが⁉」

「『パンドラ事件のケリを付ける。それまで帰れない』って、とっても分かりやすい説明よネー」

「そうだろう⁉　いや、姉ちゃんなら分かってくれると思ったんだ！　だからとりあえずその話は置いといて――」

「言い忘れたけど私、指で摘《ピンチ》まむ力でクルミも割れるんだぁ」

「ぎゃぁああ――――――す！」

「ニュースは志藤ちゃんたちが悪いって言うし、当の志藤ちゃんはほとんど連絡寄越さないし。お姉ちゃんがどれだけ心配したか……分かってんのか、おいコラ……！」

「お、お姉様！　突然どすの効いた声にならないでくださいお姉様！」

「暗い瞳で人体を破壊しようとしないでください、志藤くんのお姉さん！」

女子二人に懇願《こんがん》され、若菜は嘆息《たんそく》と共に志藤の肩を解放した。肩の痛みと叫び疲れたせいで、志藤はぐったりと椅子の背もたれに寄り掛かった。息も絶え絶えに口を開く。

「……ホントに、悪かったとは思ってるんだ。感謝もしてる。頼んだ通り、おじさんたちのこと説得してくれたんだろ？　捜索願とか、出さないようにさ」

若菜がじっとりと志藤を睨む。

「さすがに何カ月も音沙汰がなかったときは、出そうと思ったのよ？　でもその頃に、志藤ちゃん一回だけ手紙をくれたから」

「え？　そうなのですか、志藤？」

「まぁ、さすがにな。ちゃんと本部長の許可も取った。気恥ずかしいから本部長以外の誰にも言ってなかったが」

「でもその手紙だって、無事でいること以外何も報せてくれなかったでしょ？」

「ごめん……」

パンドラ事件当時の志藤は今よりずっと気が焦《あせ》っていて、余裕がなかった。みんなの前から姿を消したことを後悔してはいないが、若菜に必要以上の心配をかけたのも事実だ。心労を軽くするやり方が、他にきっとあっただろう。

「実は……」

口を開くも、志藤はなかなか言葉を続けられなかった。《ワイズクラック》のみんなにもまだ明かしていない『アキラの裏切り』を、先に若菜に伝えるのは、仲間への不義理《ふぎり》ではないだろうか。不義理なことならし尽くした身であっても、気にせずにはいられなかった。

若菜がやれやれと嘆息《たんそく》する。

「そんな顔しないの」

「え？」

「手のかかる弟なんだから、まったく」

「ね、姉ちゃん？」

「分かったわよ。無理には聞かない。その様子だと、全部終わって帰ってきたっていうわけじゃないんでしょ？」

「手掛かりは摑めそうなんだ。二人はそれを手伝ってくれてる」

「そっか。それじゃあ……」

戸惑う志藤に、若菜が屈託《くったく》のない笑顔を向けてくる。

「頑張れ、男の子」

「姉ちゃん……」

「ただし今度から、ちょくちょく顔を見せに来ること。分かった？」

「ああ。分かった」

志藤が頷くと、アムリタが小さく微笑んだ。

「いいお姉様ですね」

「こんな素敵なお姉さんに心配かけちゃだめじゃない、志藤」

「その通りだな」

「ふふ。調子がいいんだから、まったく。でもホントに……ホン――」

と、突然若菜が言葉を詰まらせた。見れば彼女の瞳に、こんもりと涙が浮かんでいた。

途端、両手で顔を覆う若菜。

「ちょ、姉ちゃ――」

「ホントに、無事戻ってきてくれて良かったよう！　うえぇぇぇえ――――ん！」

「ぐぅ……もしかしたら泣かれるかもとは思っていたが、予想通り罪悪感が半端ないな」

「ご安心ください、お姉様。この通り志藤は元気ですので」

「そうですよ、志藤くんのお姉さん。この先何が起きても、志藤くんは私が責任をもって守りますから。――この須山雪近が」

「人が弱っているのにつけこんで自己PRだなんて、ユキチさんはいやらしい人ですね」

「ぬがっ！」

「その点私は保安室でも、義妹《いもうと》にしたい魔法生物《ホムンクルス》第一位と評判なのですよ、お姉様。ちなみに魔法生物《ホムンクルス》と書いてエンジェルと読みます」

「読まないしそんなランキングもないでしょ！」

「うぇえええ――――――――ん！」

「姉ちゃん……申し訳ない気持ちに嘘はないんだが、二十歳の女が『うえーん』とか言って泣くのもどうかと、俺は思――いだだだだッ！」

「お姉様、お姉様！　泣きながら志藤にアイアンクローをかますのはおやめください！」

「志藤の顔面の骨格が変わっちゃいますよ、お姉さん！」

「うぇええええ――――――――ん！」

「…………（ビクンビクン）」

「うわぁ志藤が白目剝《む》いて痙攣《けいれん》し始めた！」

「し、志藤ー！」

　太陽はまだ傾き始めたばかりだろうが、共有リビングはもう薄暗かった。窓の外がすぐ隣の建物であるため、日差しが入りづらいのだ。

　若菜も落ち着き、四人はようやく本題に入ったところだった。

「《ワイズクラック》のお友達がどうしてるかって？　それ、今調べてることと関係あるの？」

「ああ。パンドラ事件後はいろいろ状況も変わってるみたいだけど、まだクラン界隈の噂って入ってくるのかな」

「秋葉原は相変わらずよ？　どこのクランの子も行儀良くしてくれてるし、情報交換も盛んだもの」

「よかった。じゃあ《ワイズ》のみんなのことも……」

「全員がどうしてるかは分からないわ。でも宮子《みやこ》ちゃんなら、もうすぐお店に来るわよ？」

「宮子が？」

思いがけない言葉に、志藤は眉を上げた。アムリタが首を捻《ひね》る。

「誰です？」

「橘宮子《たちばなみやこ》。《ワイズクラック》の元メンバーの一人だよ。でも、なんで……」

「《ワイズクラック》がなくなって以来、宮子ちゃん、このお店でアルバイトしてくれてるの。クラン界隈のことなら、私より断然宮子ちゃんの方が詳しいわよ？　ホントに、情報屋さんみたいだもの。今日は出勤日だし、学校ももうすぐ終わる頃だから、一時間もしないうちに来るんじゃないかしら」

「ラッキーじゃない、志藤。少なくとも警告は出来るし、頼めば手を貸してくれるかも」

「警告？」

若菜が不思議そうな顔で雪近を見やった。志藤が頷く。

「ちょっと事情があって、《ワイズ》のみんなが危ないかもしれないんだ。狙われてるらしい。だから狙ってる奴より先にみんなを見つけたい」

「…………」

「ん？　どうしたんだ姉ちゃん。そんな微妙な……あえて言うなら不○家のペコちゃんみたいな顔して」

「えーっと、どんな人がみんなを狙ってるの？」

「いや、それは……」

アキラかもしれないとは、さすがに言いにくい。

「何か心当たりでもあるのですか、お姉様」

「うん。昼間ちょっと、宮子ちゃんの中学時代の後輩だって子が来て、いろいろ聞いていったものだから。あ、でも大丈夫だとは思うのよ？　だって――」

若菜がにっこりと笑って、顎の下で手を合わせる。

「その子、アキラちゃんとも友達だって言ってたから」

志藤は思わず、椅子を倒して立ち上がった。

∴　∵　∴　∵

橘宮子の通うＥＥ《イーストエンド》魔法学園は、カリキュラムに魔法に関する授業を取り入れた学校としては、国内随一の名門だった。魔法総局や大手研究所に数多くの優秀な人材を送り出しているし、その一方で魔法闘技の世界ランカーも輩出《はいしゅつ》している。

国内で魔法に関わるものなら、誰もが特別視する学園だ。

（そのEE魔法学園が不審者《ふしんしゃ》に侵入を許すなんて、前代未聞《ぜんだいみもん》じゃないのかしら）

かなりの敷地面積を誇る学園の片隅、校舎と研究棟に挟まれた前後に長い空間。橘宮子は突如現れた不審者を見据えながら、眉を顰《ひそ》めた。肩までわずかに足りない長さの艶やかな髪と、切れ長の瞳がどことなく怜悧《れいり》な印象を与える少女だ。

（しかも……）

少し離れたところに佇《たたず》む不審者は、強化服を思わせる、細身で漆黒の鎧に全身を包んでいた。頭部を覆う、つるんとした無貌《むぼう》の面のおかげで面《おも》立《だ》ちは窺《うかが》えない。しかし肩に担ぐマナフレーム――いかにも無骨《ぶこつ》な、短冊形《たんざくがた》の刀身を備えた大剣には嫌というほど見覚えがあった。

（【煉鉄《れんてつ》】……。一体どういうこと？）

クラックヘッドが東京に戻ってきたという噂を、宮子はすでに摑んでいた。僅《わず》か一週間ほどで、いくつかのクランを潰して回っているのだと。正直ただの噂だと思っていたのだが――

「突然現れて暴行を働くなど……何者だ、貴様は！」

不審者と相対していた少年が声を張り、宮子の思考を中断させた。少年だけではなく、不審者は数名の生徒や教師に囲まれている。

ただし不審者に向かってマナフレームの槍《やり》を構える少年以外は、皆意識なく地に伏せていたが。全員、不審者にやられたのだ。

不審者が大剣《たいけん》を肩から下ろした。無貌の面の奥から声が響く。

「大剣《これ》見て分からねぇのか？」

「む、どういう意味だ？」

「まぁ仕方ねぇか。クランと関わったこともねぇ、クソほども面白味のねぇいいとこの生徒じゃな。だが聞いたことくらいはあんだろ？　――クラックヘッドって名を」

「な……⁉」

愕然《がくぜん》とする少年に、不審者が両腕を広げた。

「そうさ、俺がクラックヘッドだ！　別にてめぇらザコに用はねぇが、もう少し暴れてやろうか、あぁ⁉　なんなら学園丸ごとぶっ潰してやってもいいぜ！　俺の凱旋《がいせん》を知らせるのに、ちょうどよさそうだ！」

嘲笑《ちょうしょう》交じりに声を張る不審者。【煉鉄】に見覚えはなくてもさすがにクラックヘッドのことは知っていたのだろう、少年が奥歯を噛んだ。

そして苛立《いらだ》ったのは宮子も同じだった。ふつふつとした怒りを滲《にじ》ませて呟く。

「よくも抜け抜けと言うものね。この――」

「た、橘《たちばな》先輩」

か細い声に、宮子は言葉を切る。背後を見やると怯《おび》えた様子の少女が一人、宮子の背中に身を寄せている。

「ク、クラックヘッドって、パンドラ事件のヒトですよね？」

「確かそうね。私も詳しくはないけれど」

後輩の問いに、宮子はとぼけることにした。昇降口で鉢合わせた後輩は、同じ委員会に所属するだけの仲だ。宮子がかつて《ワイズクラック》にいたことはもちろん、クランなどというものに関わっていたことすら知らない。

「ど、どうしましょう、先輩。やられちゃったの、魔法闘技クラブの部員の方々ですよ？　それがこんなにあっさり……こ、顧問の先生まで……」

「ええ。どうやら危険な奴みたいね」

「今闘ってるのなんて山崎《やまざき》先輩ですよ。ダブルスの関東《かんとう》代表です。だ、大丈夫ですよね？」

「それはどうかしら。とにかくもっと人を呼んでこないと」

宮子は素早く周囲を見回す。彼女たちがいるのは学園の端に位置し、裏門はすぐそこなのだが、教務室のある本校舎からは距離がある。さらに、前後と頭上を妙な魔法で塞《ふさ》がれてしまえば、逃げ道などあるはずもない。

妙な魔法――コールタールのような質感の、不規則に編まれた網だ。校舎と研究棟の間に渡され、宮子たちを囲っている。見たことのない魔法で、不用意に近づくのは躊躇《ためら》われた。

それと――

（生徒たちを倒した魔法も、正体不明ね）

宮子自身、生徒や顧問がやられる様《さま》は見ていた。それでも何が起こったのか、理解できたとは言い難い。

とにかく後輩だけでも逃がす手段を考えていた時、山崎少年が吼《ほ》えた。

「クラックヘッドか。なるほど、納得の力だ。だが甘く見てもらっては困るな！《狩猟鎖《カーサカディア》》！」

山崎は槍から片手を放し、不審者に向かってかざした。虚空に展開された魔法陣が、淡く輝く鎖を放つ。

大剣を封じるつもりなのだろう。鎖は幅広の刃に絡みついた。

「貴様はただの犯罪者、魔法使いの面汚《つらよご》しに過ぎない！　保安室に突き出してや――」

「ハッ、ザコがほざいてんぜ」

「うあ！」

不審者が大剣を引くと、男子の両足があっさりと地面を離れた。不審者の膂力《りょりょく》が鎖の出力を上回ったのだ。

宙を滑り、山崎が不審者のもとへと引き付けられる。不審者が空いた手を突き出す。

「まずいわ！」

不審者の腕を包む鎧から、黒々とした枝のようなものが数本飛び出した。枯れ木が急成長するように、幾筋にも別れ、広がりながら山崎に迫り――少年の身を貫く。

「ぐぁあああああ！」

「きゃぁあああああ！」

漆黒の枯れ枝によって空中に縫い留められた山崎と、背後の後輩が同時に悲鳴を上げる。と、ふいに山崎の身体、黒い枝を突き刺された箇所からぼんやりとした輝きが溢《あふ》れた。かと思うと、土に水が染み込むように黒い枝に吸収されていく。

(他の生徒たちをやったのと同じ。あれは一体——なんて考えてる場合でもなさそうね！)

宮子が腕をかざすと、眼前に二つの魔法陣が浮かび上がった。両者が同時に光線を吐き出す。一方の魔法陣から放たれた、刃のような幅広の光線が不審者と山崎の間を貫き、枝を断ち切る。もう一方の破城槌《はじょうつい》のような一撃は、不審者に横手からぶち当たった。

「がッ⁉」

不審者が弾き飛ばされ、研究棟の外壁にめり込んだ。

「せ、先輩……すごい……」

後輩は宮子が伸ばした腕の先で、魔法陣が消えていくのを啞然《あぜん》と見守っていた。別種の魔法を同時に構築するのは、なかなかの高等技術なのだ。

「ちょっと待ってて」

宮子は後輩をその場に残し、地面に転がる山崎に駆け寄った。枝は彼に物理的なダメージは与えていないようで、山崎の身体には穴も開いていなければ、服に血のシミの一つもできていなかった。これも他の生徒や顧問と同じだ。

まだ意識のあった男子を助け起こしながら、後輩に視線を送る。

「あの子を頼める？　ここから逃がしてあげて。校舎の中にまではあの網みたいな魔法も張ってないと思うから、窓を割ってでも校舎を通るといいわ」

「な、何をバカな。キミも腕に覚えはあるようだが、ヤツはクラック――」

「早くしなさい。外傷はなくてもダメージは少なくないはずよ」

静かに睨んでやると、山崎はたじろいだ。不承不承《ふしょうぶしょう》といった風に頷く。

「――分かった、すぐに誰か呼んでくる」

「ええ。お願い」

「だが気を付けろ。ヤツの魔法……なのかも僕にはよく分からないが、自分で喰らってみて分かった。あの攻撃は、マナを奪う」

「マナを？　さっきあなたから吸い取ったように見えたのが、マナだってこと？」

「ああ。キミが助けてくれなければ、僕も他のみんなと同じく意識を保っていられなかっただろう。十分に気を付けてくれ。人を連れてくるまで、決して無理はするな」

宮子が頷くと、山崎は彼女のもとを離れた。少しふらつきながらも後輩に駆け寄り、共に校舎に向う。

（マナを、ね。そんなことが可能なのかしら）

山崎と後輩の二人から研究棟の方へと視線を戻す。不審者がコンクリートの破片を零《こぼ》しながら、壁からその身を抜くところだった。

宮子は辺りに倒れる生徒たちから距離を取り、不審者を睨んだ。

「あなた、一体なんのつもり？　とても不愉快なんだけど」

「なんのつもりだぁ？　俺の標的がお前だって、ハナから分かってただろ？」

面の奥で低く笑うと、不審者が空いた方の手をかざした。腕の鎧から黒い枝が飛び出し、幾本にも別れながら宮子に襲い掛かってくる。

「ザコどもから集めたってしょうがねぇ。――てめぇのマナをいただくぜ！」

宮子は片手を腰に当てただけだった。彼女の両脇に魔法陣が現れる。

それぞれの魔法陣から現れたのは、漆黒《しっこく》の腕だった。黒曜石《こくようせき》から削り出したかのような質感の腕は、宮子の胴回りよりはるかに太く、指先が鋭利に尖っていた。

巨腕《きょわん》を操る魔法《拡張肢《かくちょうし》》。

「なにッ⁉」

濡れたように光る二つの巨腕が、互いに交差するように空を薙《な》いだ。眼前に迫っていた枝が、ずたずたに切り裂かれる。

四散した枝が消えると、宮子は鋭く不審者を睨んだ。

「いいわよ。相手になるわ」

「さすがにやるじゃねぇか、おい！　じゃあこれならどうだ！」

不審者が腰を落として大剣を構える。宮子も《拡張肢》に意識を集中した。戦闘など久々だとは言え、後《おく》れを取る気はしなかった。だが――

「がぁああああああ！」

山崎の叫びに、宮子は弾かれたように振り向く。山崎は校舎を目前としたところで、黒々とした枝に絡めとられ、宙づりにされていた。

枝は頭上を覆う網から伸びたものだ。

「そんな――」

身体から淡い輝きを吸い出され始めると、山崎は見るからに抵抗を鈍《にぶ》らせた。やがて完全に脱力し、その腕から槍のマナフレームも掻き消える。

後輩の女子が悲鳴を上げた。後輩もまだ校舎の中まで避難できておらず、枝は山崎を放り出すと、次の標的を彼女に変えた。

「きゃぁああああ！」

「伏せて！」

宮子は後輩へと伸びる枝に向かって腕を伸ばす。魔法陣が、現れると同時に光線を射出する。

不審者の嘲《あざけ》るような声がすぐ近くで聞こえたのは、その時だった。

「あっさり引っかかってんじゃねーよ、バカが！」

「うるさい奴ね……！」

別に引っかかったわけではなかった。二人を狙ったのが陽動《ようどう》であるのは分かっていた。が、不審者の動きは先ほど見たより素早かった。

光線が後輩に迫っていた枝を焼き切ると同時、大きく振り回された《拡張肢》を、不審者が掻い潜った。《拡張肢》は自律式《オート》でなく操作式《リモート》。意識を他に向けたまま素早い対応、正確な動作を保つのは難しい。

不審者が宮子の眼前で大きく踏み込み、大剣を横一文字に振り抜いた。

「く――」

宮子は大剣の軌道に片腕を滑り込ませる。《拡張肢》を消し去り、すでに纏《まと》っていた《パラベラム》の出力を上げる。

腕を大剣が叩いた。

「きゃあ！」

予想よりずっと重い衝撃が、宮子を弾き飛ばす。衝撃を緩和しきれず、《パラベラム》にノイズが走った。

「先輩！」

不審者が枝を放つ。宮子はまだ空中にあり、しかも《パラベラム》のノイズは消えず、再構築しなければ十分な出力を発揮できそうになかった。

鋭く尖った枝の先が宮子に迫る。

「……すっかり勘が鈍ったわね」

誰にともなく憎まれ口を叩きながら、宮子が枝に刺し抜かれる覚悟をした、刹那《せつな》――

「宮子ッ！」

頭上に張られた網が外側から突き破られ、三日月型の光の刃《やいば》が、いくつも折り重なって降り注いだ。

三日月型の刃――《シミター》の瀑布《ばくふ》は枝を八つ裂きにし、そのまま地面を抉《えぐ》った。轟音と土煙が噴き上がり、不審者の短い悲鳴が鼓膜に届く。

土煙のただ中に、何者かが降り立つ気配がした。

宮子が地面を転がる。《パラベラム》は出力が大幅に下がっているとはいえ、剝き出しの足に擦り傷が付くのは防いでくれた。

「今、のは……」

身を起こしながら、宮子は半《なか》ば呆然《ぼうぜん》と顔を上げる。土煙が風に流されると、一人の少年が、宮子に背を向けて佇んでいるのが露《あら》わになる。

派手なピンクのパーカーをかぶった後ろ姿には見覚えがあった。というより、すぐに誰だか分かった。信じられない思いで呟く。

「志藤？」

少年——桜田志藤《さくらだしとう》は振り向きもせず、不審者に顔を向けていた。怒気《どき》を剥《む》き出しにした声で言う。

「俺の仲間に何してんだ。ぶっ殺すぞ、てめぇ」

志藤は黒い鎧《よろい》を纏った男を睨みながら、吸入器に口を付けた。ゆっくりとした呼吸と共に薬を吸い込む。

「な……なんだ、てめぇ」

離れた前方で、鎧の男が片膝を地面に付いていた。《シミター》の余波を喰らって吹っ飛んだのだ。

不意に鎧の頭部、無貌の面に亀裂が走った。面の半分ほどが剥がれ落ち、険しい目つきをした少年の顔が露《あら》わになる。少年は苦りきった声で唸《うな》った。

「てめぇ何モンだ」

「それはこっちのセリフだぜ、偽クラックヘッド」

少年はアキラではない。まったく見覚えのない別人だった。

「こっちはお前みたいな馬《うま》の骨《ほね》を探してたわけじゃないんだがな」

「なんだと、こいつ……！」

少年が舌打ちして立ち上がり、漆黒《しっこく》の大剣を構えた。

(確かに【煉鉄】はよくできてるな。どうなってる?)

「ジャマしてんじゃねーぞ、あ?　しかも『ぶっ殺す』だあ?　そりゃこっちの――」

「まぁいい。とにかくお前を連行する。従わないなら、力尽くでもな」

「連行?　そうか、保安官《ホワイトワンド》がようやく登場ってわけか。動き出すまで随分時間が掛かったじゃ――」

「こっちだ、早く!　中に誰かいるぞ!」

ふと少年の後方、校舎の間に渡された黒い網の向こうに人影が現れた。志藤たちや、倒れる生徒を見てぎょっとする。

少年が集まってきた教師や生徒を一瞥《いちべつ》し、忌々《いまいま》しげに呟いた。

「もう用は済んでるはずだったってのに。しゃーねぇ、引くか」

舌打ちを一つしてから志藤に大剣を突き付けてくる。

「覚えてろよ、ジャマ野郎」

「逃がすと思うか?」

「大いに思うね」

大剣が突然炎に包まれる。本物の【煉鉄】にはない性質だ。

炎を纏う大剣を振り上げる少年。彼が剣を打ち下ろしたのは、志藤たちとは全く別の方向に向かってだった。

「例えば、こうすればなぁ！」

炎が火球となって放たれる。その先には倒れた男子と、彼に寄り添う女子の姿があった。必死な様子で網の向こうの教師たちとやり取りしていた少女が、火球《かきゅう》に気づいて身を強張《こわば》らせた。

「なーー」

「クソ野郎が！」

志藤は吐き捨てながら地面を蹴った。二人の生徒の前に躍《おど》り出るなり、半球形の障壁を展開して、自分と生徒二人を覆った。

火球が障壁を叩くと同時に炸裂し、大きな爆炎の花と化す。視界を炎が埋め尽くし、背後で少女が悲鳴を上げる。炎の向こうから声が聞こえた。

「追ってきたらそんなもんじゃ済まねーから、そのつもりでな！」

「……癇《かん》に障る奴だ」

爆炎が収まると、すでに少年の姿はなくなっていた。黒い網も消えている。志藤も障壁を解除した。

大慌てで駆け付けた教師たちに生徒二人や点々と倒れる人々を任せ、志藤は宮子に歩み寄った。薬を一呼吸し、破壊された校舎や抉れた地面を見回しながら言う。

「遅れて悪い。ひどいありさまだな。大丈夫だったか？」

「ええ、大丈夫。今の何だったわけ？　偽物だっていうのはすぐ分かったけど、少なくとも

【煉鉄】はそっくりだったわよ？」

「俺にも分からない。今調べてる途中なんだ」

「その薬は？　あと、その格好も何？」

「え？　ああ、ちょっと体調が良くなくてな。服は俺が選んだんじゃない」

「そう。ところで、遅れて悪いって言ったけど、どのくらい遅れたと思ってる？」

「質問ばっかりだな、お前は。どうかな……十分くらいか？」

戦いの痕跡《こんせき》を見回して言う志藤。これだけ派手に暴れては、校内の人々が集まってくるまでそう時間はなかったはずだ。

ちなみに志藤は九十九庵から学園まで、車も電車も使わず走ってきた。道に沿ってではなく、直線距離で、だ。民家やビルの屋根から屋根を飛び移ってきたのだ。一人で先行してしまったが、アムリタたちももうすぐ着くだろう。

と、宮子が不意に志藤の耳を引っ張った。

「うわ、なんだよ」

無理やり宮子の方を向かされる。宮子は氷の女王のように怜悧な瞳で、こちらを睨んでいた。

「一年よ。一年遅い」

「…………そ、そうですヨネ」

「何を自然体で話しかけてきてるのかしら、このバカは。久しぶりとか、元気だったかとかなくていいの？　へー、そうなの。バツの悪そうな顔の一つでもして当然だと思うんだけど、私の考えって間違ってるかしら」

「いいえおっしゃる通りでございます。今からバツの悪そうな顔をしますから、耳をねじ切ろうとしないでくださいい宮子さん」

「言われなくちゃ出来ないならしなくていいわ」

「なにこの人、超怖い。――でも確かに久しぶりだな、宮子。無事でよかった」

志藤が微笑すると、宮子は一瞬言葉を詰まらせた。視線を逸らして咳払いをする。

「こほん。助けられたことには、一応お礼を言っておくわ。それと……私が危ない目に遭《あ》ったことに対して、あんな風に怒ってくれたことにも――」

「にしても変わってないな、お前。口うるさいところとか、ねじくれた性格とか、一年前のまま――いだだだだ！　耳が、耳が千切《ちぎ》れそうです宮子さん！」

「耳だけで済ませる自信はないわ」

「まさか他のパーツも千切ろうとしてる⁉」

結局アムリタと雪近が到着するまで、志藤は耳を捩《ね》じられ続けた。

4. 用心棒の男

すっかり日も暮れた頃、志藤《しどう》たちは九十九庵《つくもあん》に戻っていた。二階共有リビング。テーブルについた雪近《ゆきちか》が身を乗り出し、小声で囁《ささや》く。

「偽物？　クラックヘッドじゃなかったの？」

志藤はキッチンを一瞥してから頷く。キッチンカウンターのすぐ向こうでは、宮子《みやこ》と若菜《わかな》が夕食の準備を進めていた。小声で話せば聞こえはしないだろう。

志藤の隣に座るアムリタは、先ほどから熱心にキッチンを見つめたままだ。

「会った覚えのない別人だった。アキラじゃない」

「じゃあどうするの？　偽物だったなら、あなたたちが捜査する理由はないと思うけど……」

「いや、このままあの男――自称クラックヘッドを追う」

「でも――」

言いかけて、雪近は口をつぐんだ。キッチンから四角いお盆を持った宮子が出てきたためだ。

志藤と雪近は視線を交《か》わし合い、話を中断した。

「志藤、あなたは知らないかもしれないから、一応言っておくけど」

志藤たちの前にカレーの盛られた皿を並べながら、宮子が冷たく言い放つ。

「《ワイズ》はとっくに解散してるの。だから私とあなたは仲間でも何でもな――」

「来ましたよ志藤！　カレーが来ました！　においだけでもうおなかが急速にペコペコです！」

「リクエスト通りの甘口だけど、辛《から》くしたかったらこのスパイスをご自由にね？」

「いえ、甘口がいいんです！　ありがとうございます、お姉様！」

「すみません、お姉さん。私たちまでごちそうになって……」

「いいのよう。宮子ちゃんが無事なのは、あなたたちのおかげなんだから」

「でも他の住人に迷惑じゃないか、姉ちゃん」

「それがね、今ここに住んでるのって宮子ちゃんだけなのよ。リフォームのタイミング間違えちゃって。やっぱり入学・新卒の時期外しちゃうと、なかなかねぇ……」

「ところで何カレーですか、これは⁉　保安室の食堂のカレーと全然違いますよ志藤！　もう食べていいんでしょうか⁉」

「みんなが席に着いてからな。あと声がでかいぞ、アムリタ」

「はい！　ありがとうございます！」

「いや褒《ほ》めてないんだが……カレーしか見えてないな、こいつ」

「いいわよ、志藤ちゃん。三人で先に食べちゃって。私と宮子ちゃん、サラダも用意しなきゃだから」

「いいんですかお姉様！　いただきます！」

カレーのにおいが漂《ただよ》ってきてからずっと握り締めていたスプーンを、アムリタが豪快にカレーに突っ込んだ。こんもりすくい上げて口に持っていく。

「こほん。つまりね、志藤。さっきあなたは私を仲間と言ったけど、私にいまさらクランなんてものに関わるつもりは――」

「うまい！」

「食べるの早いな、アムリタ」

「おいしさの次元が段違いですお姉様！　保安室のカレーもおいしいですが、こちらの方が一〇〇倍好きです私！」

「そう言ってくれると嬉しいわ。ちなみに今日のはエビとアボカドのクリームカレーだけど、私カレーのレパートリーなら他にもあるのよ？」

「志藤、私ここのうちの子になります！」

「そうか。まぁとにかく、俺《おれ》たちももらうか、ユキチ」

「じゃあ、お言葉に甘えて。いただきます、お姉さん」

「どうぞー」

キッチンのカウンターの向こうから、若菜がにこにこと応えた。宮子が無事だと分かってからずっと上機嫌で、夕食を食べていくように勧めたのも彼女だ。というか、今日は九十九庵に泊まっていけとさえ言われている。

「わ、ホントにおいしい」

「ああ。久々に食べるけど、やっぱりうまいよ、姉ちゃん」

「うふふ。ありがとう」

「こうしてると思い出すな、《ワイズ》のみんなでよくここに集まって――」

「私はいつまで無視されていればいいのかしら、志藤……っ！」

背後から冷気を帯びた声を浴びせられて、志藤は肩を震《ふる》わせた。振り返ると、志藤のすぐ後ろに佇《たたず》む宮子が目を細めてこちらを見下ろしていた。

「お、驚かせるなよ」

「驚いたのはこっちよ。深刻な話になるかと思ったらカレーに話題をさらわれたんだから」

ちなみに宮子と雪近、アムリタの互いの紹介は、一応すでに済んでいる。驚いたことに宮子は雪近を知っていた。灯台下暗し《とうだいもとくら》というべきか二人ともＥＥ《イーストエンド》学園に通っており、雪近は現役学生兼保安官として、学内でも名の知れた存在であるらしい。

アムリタという『高度な知性を持つ人型の魔法生物《ホムンクルス》』という先例のない存在にはさすがの宮子も目を丸くしていたが、深くは詮索《せんさく》してこなかった。

志藤がこの一年、保安室にいたことも既《すで》に明かしてある。

「はーい、サラダおまちど～。アムリタちゃん、野菜も食べなきゃだめよ？」

「はいお姉様！　ピーマンセロリわかめカボチャきゅうり人参トマトキャベツグリンピース以外なら何でも食べますので！」

「サラダ断ってるだろそれ」

しかしアムリタの主張を無視して、若菜は小皿に移したサラダを少女の前に押しやった。切られたトマトが多めに乗っているように見える。

「好き嫌いはいけないわよ？　それ食べないとカレーのおかわりは無しだからね？」

「ぬあっ！　……わ、分かりました。食べます」

「私は野菜も大好きですよ、お姉さん。あ、すごい、もしかしてこのドレッシング自家製ですか？　いいなぁ、私もお姉さんくらい料理がうまくなれたらいいんですけど」

三角アンテナがしおしおと倒れそうなほど、テンションを下げるアムリタ。対して雪近は、瓶《びん》に入ったオリジナルドレッシングを手に取って目を見張る。

「じゃあ宮子ちゃん、私たちも」

若菜と宮子がようやく席について、手を合わせた。若菜がテーブルの短辺の席。宮子は雪近の隣で、志藤の正面だった。

宮子の静かな視線が、志藤を見据える。

「それで？　この件と〝パンドラ事件〟に、どんな関わりがあるの？」

抑《おさ》えられたその声は、サラダと格闘するアムリタ、ドレッシングの話で盛り上がる雪近たちには聞こえていないようだった。志藤は思わず手を止める。

「う……」

「少なくともあなたは、関係があると思っているんでしょう?」

「勘が良いのも相変わらずだな」

「後で話してもらうわ。今はとりあえず、楽しく食事と行きましょう」

スプーンでカレーをすくいながら、宮子が薄く笑った。

「良く味わうことね。話の内容によっては、これが最後の晩餐《ばんさん》になるかもしれないんだから」

(宮子の奴、何気《なにげ》にすげぇ怒ってるな……)

それも当然と言えば当然なのだが。

ついに執行猶予《しっこうゆうよ》は終わりを告げた。告解《こくかい》の時がくる。


夜八時。秋葉原《あきはばら》の街の活気はまだ衰《おとろ》えていない。四階建ての九十九庵の屋上からでは景色を一望など到底できなかったが、通称ジャンク通りの雑多な街並みやコスプレ喫茶の看板なら、いくらか覗いて見えた。中央通りの方からは煌々《こうこう》と明かりが漏れてくる。

屋上に上がってきたのは志藤と宮子の二人だけだった。アムリタと雪近は夕食の片づけを手伝っているはずだ。

「自称クラックヘッドが何者かは分からないが、《ワイズ》のみんなを狙ってるのは、どうや

ら確からしい。宮子は今、ここで情報屋みたいなことをやってるって姉ちゃんが言ってたが

……みんなの居場所は知ってるのか？」

「みんな、ね……」

宮子が嘆息《たんそく》し、顔に落ちた前髪を耳の後ろに送った。どこか遠くに視線を向けながら、思い出にふけるように言う。

「《ワイズクラック》のメンバーはたったの五人。自身では縄張りを持たなかったけど、傘下のクランを、間接的なものも含めれば百余り従えていた。そんなクランは、後にも先にも《ワイズ》だけでしょうね」

「かもな」

「でもあの日、あの夜に全てが変わった。いいえ、全てが終わった。パンドラ事件後も、あなたたちは帰ってこなかった」

志藤は宮子の視線を頬《ほお》に感じた。だが中央通りから届く喧騒《けんそう》に耳を澄ませるばかりで、彼女の方を向こうとはしなかった。

「アキラとあなた……《ワイズ》の中核だった二人が両方とも姿を消した。傘下のクランたちの間じゃ『あの二人は逃げ出した』ってことで意見が一致したわ。自分のしでかしたことに耐え切れず。何もかも放り出して」

「…………」

「言い返すことなんてできる？　状況だけ見れば、彼らの言う通りだと思うしかないのに」

「それが真実だったのかもしれないぜ」

「私にそれを信じろっていうの？　バカにしないで」

どうして信じられないというのか。あの時、あの場に——《ワイズクラック》オリジナルの魔法を発動させた現場にいたのは、志藤とアキラだけだ。

全てを目撃したのは、二人以外に誰もいない。

「あの夜に何があったのか話して。じゃなきゃ、今のみんなの居場所は教えないわよ」

「分かってる。もともと話すつもりだったよ」

志藤は手すりに身体を預け、弱々しく微笑した。

「簡単だ。アキラが俺たちを裏切った」


宮子の反応はシンプルに、一言だった。

「やっぱりそうなのね」

「やっぱり？」

「だって、龍脈《りゅうみゃく》の件を言い出したのアキラだったもの」

東京《とうきょう》の地下深くには『龍脈』と呼ばれる、いわばマナの水脈が集中している。世界的にも珍しいほどに。

その龍脈の一部に異変が起きていると聞きつけたのがアキラだった。

龍脈の活動の低下や活発化は、クランの魔法使いの興味を引くような話ではない。自らのマナのみを頼る彼らには、龍脈の状態がどうなろうと直接的な影響は生じないためだ。

だが魔法研究の立場となると事情は異なる。龍脈を流れる膨大なマナを利用する大規模な魔法、恒常的に効果を発揮し続ける魔法というのは、常に研究されているのだ。

「先端魔法研究《ウィザーズクラフト》には敬意を、だったわね」

「ああ。それが全てのクランのルールだった」

「全てのじゃないわよ。《ワイズクラック》《わたしたち》がそう言い張ってたから、みんな従っていただけ」

宮子の言葉に、志藤は肩を竦《すく》めた。きっと彼女の言う通りなのだろう。

「龍脈の異変を解決しようって提案したのも、アキラだったわね。アキラはみんなの意見をまとめるのは上手だったけど、自分からそんなことを言い出すタイプじゃなかったのに。そんな世話焼きは、《ワイズ》じゃあなたくらいのものだったわ、志藤」

アキラが聞きつけた話によれば、複数の研究機関に利用されている龍脈の一つが、その流れを滞《とどこお》らせているとのことだった。

魔法総局によって利用が許可される龍脈は、小規模なものに限られている。異変の起きていたものも大河から枝分かれした、か細い支流に過ぎず、大手の研究機関なら利用できる龍脈は他にもあった。それに物理的な川と違って、龍脈がふと流れる向きを変えたりマグマ溜まりのようなものを形成したりするのは、さほど珍しいことでもない。

異変はそうした奇妙なふるまいの一つだろうと、結局は捨て置かれている——とアキラは言っていた。

志藤は相変わらずぼんやりと中央通りの方を眺めながら、当時を思い返した。

「ただ、大手や魔法総局にとっては気に掛ける必要がなくても、小さな研究所には大きすぎる痛手《いたで》だった」

「龍脈利用の認可を得るにも、お金と時間が必要だもの。新たに申請する余裕のない零細《れいさい》研究所は、たくさんあった。この秋葉原にだって」

「ああ。だから俺は、アキラの話に乗るべきだと思ったんだ」

「あなたってそういうところあるわよね。判官《はんがん》びいきというか。……別にいいけど」

結局《ワイズクラック》全員で、異変の解決を目指すことになった。

問題は、龍脈を精査する魔法など誰も知らなかったことだ。《ワイズクラック》にも、他のどんなクランにもそんな魔法を会得《えとく》しているものはいなかった。

「それは仕方のないことだったわ。龍脈の調査に使うような魔法も、龍脈からマナを吸い上げる魔法も総局の専売特許。そもそもクランの魔法使いは龍脈になんて、興味もないわけだし」

だから志藤たちは、そのための魔法を作ることにした。新たな術式を。

「最初はてんでダメで、試行錯誤《しこうさくご》を繰り返してさ。あの時は楽しかったよな？」

「確かにあなたとアキラだけは、やたらと楽しそうだったわね」

「俺たちだけ？　みんな結構やる気だったろ」

意外そうに言う志藤に、宮子が苦笑する。

「バカ言わないで。失敗続きで嫌気《いやけ》が差したわ。あれに比べれば、学園の授業が一ケタの足し算に思えるくらいよ」

「でも、最後にはできた」

とある小さな研究所の協力もあって、術式は半年と経たずに完成した。ため息の漏れるような、精緻《せいち》で美しい術式だった。

その術式によって発動する魔法は、総局による独占状態であった、龍脈へのアクセスを実現するものだった。定点観測的に、流れるマナの量、速度、状態などの様々な情報を解析でき、またアクセス路を通じてマナに干渉することすら可能にしたのだ。

もちろん、総局に知られればたちまち規制される代物だ。

「正常な龍脈でのテストでは、何も問題なかったわよね？」

「ああ。術式は完璧だった」

そうして《ワイズクラック》は運命の日を、パンドラ事件の起こる夜を迎えることになる。

《ダイバールーク》と名付けられたその魔法の弱点は、発動に膨大なマナを必要とすることと、解析対象となる龍脈のほとんど真上で使わなければならないことだった。

場所は新宿《しんじゅく》。傘下のクランのコネで小さなライブハウスを貸りて、龍脈の解析を行う手はずとなった。予定外だったのは「《ワイズクラック》が何やら凄い魔法を試すらしい」という噂が広がり、傘下のクランが集まってしまったことだった。

「集まったみんなを帰らせるために、私たちは外に出た。あなたとアキラに、龍脈の解析を任せて」

「覚えてるよ」

「何があったの？」

その後に何が起きたのかと聞いているのか、解析の結果を聞いているのか、判断が難しかった。志藤は後者だということにして、簡潔に答えた。

「魔法が」

「魔法？」

「龍脈の流れを阻害《そがい》していたのは魔法だった。何かがマナをせき止めてたわけでも、ふとした拍子《ひょうし》に流れが淀《よど》んだわけでもない。何らかの魔法が、マナを奪ってたんだ。そしてそのことを、アキラは最初から知っていた」

「最初から……って？」

「何もかもの始まりからだ」

志藤が手すりの上で拳を握る。

「《ワイズクラック》結成の時から。魔法はどうやら、以前からそこにあったらしい。魔法の成長と共に奪われるマナが増えて、ついに流れが枯渇《こかつ》するまでになったんだ。アキラはずっと、その魔法に接触する方法を探してたんだそうだぜ」

「ちょ、ちょっと待って。じゃあアキラは——」

「そのために俺を利用するつもりで、《ワイズ》を始めたんだ。あいつにとって、《ワイズクラック》はただの道具だったんだよ」

言いながら、志藤は自虐《じぎゃく》的な笑みを浮かべてみせた。

「全部後から知ったことだけどな。俺にそう話した時には、アキラはすでに《ダイバールーク》を通じて、魔法に接触を果たしていた。その結果が……」

「パンドラ事件」

「いまだに、あの魔法が何だったのかは俺にも分からない。本当に魔法だったのかすら、自信がないくらいだ。だがパンドラ事件で現れた大量の魔法生物《ホムンクルス》が、龍脈に潜んでいたアレから、《ダイバールーク》のアクセス路を逆流して来たものなのは間違いない」

「止められなかったの、志藤?」

「もちろん止めた。アキラが何をするつもりだったにせよ、あれでもすぐに中断させたんだぜ」

「嘘でしょ? 確かな数字かどうかは知らないけど、総局の発表だと発生した魔法生物《ホムンクルス》は二六〇以上よ? もしあなたが止めなければ、どんなことになってたって言うのよ」

「そこまでは俺にも分からないな。ただ、中断させる過程で俺も龍脈の魔法には触れたんだ。《ダイバールーク》のアクセス路を介《かい》して」

アムリタが生み出されたのはその時だ。彼女もまた、パンドラ事件で大量発生した魔法生物《ホムンクルス》の一体なのだ。

「接触は一瞬だったが、とんでもないマナを蓄《たくわ》えてたのは確かだな」

「アキラは？　その後どうしたの？」

「分からない」

「捕まえたんじゃないの？　あるいは、逃げたのを追いかけたとか……」

「一体やばそうな魔法生物《ホムンクルス》が出てきたもんだから。俺はそいつと戦《や》り合ってて、それどころじゃなくてさ」

「戦り合ってって……じゃああなたは……」

「一応、逃げたつもりはなかった。そいつをみんなから遠ざけたかったんだ」

その結果として、いまだ癒《い》えぬ呪《のろ》いを患《わずら》うことになるのだが。

「どっちにしろ、俺があの場から離れたのは間違いない。――保安室に応援を頼んでから、な」

「ええ、それは知ってる」

「知ってる？」

「保安官を一人捕まえて聞き出したの。あなたからの要請《ようせい》であれだけの保安官が出動することになったって、私以外の《ワイズ》のみんなも知ってるわ」

「後で大人しく出頭することを条件に、東京中の保安官をかき集めてくれって心の底から頼んだよ。それに近い対応は取られたって聞いたけど、そのことは宮子の方がよく知ってるだろ？」

二百六十以上の魔法生物《ホムンクルス》、数十のクラン、数多の保安官が入り乱れる混乱した戦闘が起こり、一般人まで巻き込まれた。

幸いにして死者はなかったそうだが、志藤はその場にいなかったため後のニュースで騒乱の様子や結果を知ったに過ぎない。

「そしてあなたは、バカ正直に保安室に出頭した。それは保安官からも聞き出せなかったし、予想もしなかったわね」

「そういう約束だったんだ。仕方ないさ」

「私たちに何も言わなかったのも、仕方ないことだったの？」

「それは悪かったと思ってる。でも、どうしても言えなかったんだ。《ワイズクラック》は俺とアキラで始めた――いや、アキラが俺を誘って始めたクランだ。アキラはその頃から俺を利用するつもりだった。他に仲間ができたのは、あいつに利用される人間を増やしたに過ぎない」

志藤は手すりから身を離して、宮子に顔を向けた。

「分かるだろ、宮子。《ワイズクラック》なんていうクランは、始めからどこにもなかったんだ。――幻だったんだよ」

「…………」

「あの頃の俺はすっかりテンパってて、みんなにそれを伝えるだけの意気地《いくじ》がなかった。俺がアキラに騙《だま》されて始まったことに、これ以上みんなを巻き込む気にもなれなかった」

若菜に詳しく伝えなかったのも、彼女に話せば必ず《ワイズクラック》のメンバーの知るところとなるためだ。実際、若菜は志藤のメッセージをみんなに報《しら》せている。

「それからは、保安室がアキラの行方を掴むのをひたすら待ってたよ。今回の件がそれだと思うんだ。宮子を襲撃したのは確かに別人だったが、何者かがアキラの名前を利用して、姉ちゃんからお前のことを聞き出してる。偶然だとは考えられない。どこかであいつが……アキラが関わっているはずなんだ」

今度は宮子が、雑多な街並みへと視線を投げた。

「一応、理解はできるわ。そんなところだろうとも思ってた。だからって納得はしないけど」

「宮子……」

「でも、どちらにしても同じね。私はもうクランなんて『遊び』は止めたもの」

「それがいい。学園ではやっぱり成績いいのか？　お前なら――」

「もう。やめてよ、世間話なんて」

宮子は呆《あき》れたように嘆息した。それから気を取り直すように、腕を上げて大きく伸びをする。

「多少すっきりはしたかしら。じゃあ、最後にもう一つ」

「なんだ」

「さっきから吸ってるその薬、魔法薬よね？　常用してるみたいだけど、どうしたの？」

「大したことじゃないが、それを話せば、みんなのことを教えてくれるんだな？」

「いいわ。といっても私が知ってるのは残り二人のうち、一人だけだけど」

∴　∵　∴　∵

「はー。やはり湯船《ゆぶね》につかるのはいいものですね……」

ちょっとした銭湯《せんとう》ほどの広さのある浴室に、アムリタの声は反響して聞こえた。顎《あご》の先までつかった湯の中に、四肢をだらりと投げ出している。

九十九庵はリビングだけでなく浴場も共有で、その代わりに広々と作られているようだった。

リフォームしたばかりとのことで、白い壁が輝いて見えた。

アムリタの隣、バスタブの底で横座りした雪近が眉をひそめる。

「だらだらして。行儀悪いわよ、アムリタ」

「いいじゃないですか。保安室にはシャワーしかないですし、私にとって湯船につかるのはとても贅沢《ぜいたく》なのですよ？」

「そういえばそうか。でもちゃんと座らないと、姿勢悪くするわよ？　魔法生物《ホムンクルス》だっていってもあなたの場合、身体の構造は人間と変わらないんでしょ？」

「もう。うるさいですね、ユキチさんは」

アムリタが唇を尖《とが》らせ、しかし雪近の言う通り座り直した。

「だいたい、なんでユキチさんと一緒にお風呂に入らなければならないのです？」

「露骨《ろこつ》に嫌そうな顔しないでくれる？　出来るだけまとめて入った方が無駄がないじゃない。順番に入ってたら、最後の人はずっと待つことになるし」

「確かにそうですが。うー……やはりただ座っているのはもったいないです」

アムリタは身体の向きを変え、浴槽のふちに両腕を乗せた。脚を伸ばし、浴室に一つだけ備えられた小さな窓を見上げる。

雪近は諦めたように嘆息し、話題を変えた。

「二人とも、本当にまだこの件を追うつもりなの？　クラックヘッドは偽物だったのに」

「クラックヘッドが偽物でも、久瀬《くぜ》アキラが事件に無関係とは限りませんので。むしろ関係していると思えばこそ、志藤も宮子さんと話しているのでは？」

「う、うん……その話し合いはもう終わったかな？」

「どうでしょう。積もる話もあるかと思いますが」

「積もる話か……」

柳眉《りゅうび》をわずかに顰《ひそ》め、食い入るように天井を見つめる雪近。すぐ上が屋上というわけでもないので、耳を澄ませたところで何か聞こえるはずもないのだが。

アムリタがちらりと彼女を一瞥《いちべつ》する。

「なんです？　気になるのですか？」

「へ？　い、いや、そんなわけないじゃない！　私にはクラックヘッドという人が――って、それも違うけどっ！　クラックヘッドのことは、純粋に魔法使いとして凄《すご》いなって思ってるだけだけど！」

「その一人で盛り上がるユキチさんの癖《くせ》、ちょっと怖いのですけど……」

じっとりとした視線を雪近に注ぎながら、湯船の中で身を引くアムリタ。

「ですがユキチさん、全く気にならないわけではないのでは？」

「う……ま、まぁ。でもそれはあくまで志藤を見張ってる保安官としてだからねっ？」

「なるほど。でしたら後で二人に、どんな話をしたのか聞いたらどうです？　といいますか、むしろ聞くべきですよ、ユキチさん」

「あなた自分で聞くのが嫌だからって、私に押し付けようとしてない？」

目を細める雪近に、アムリタは素早く顔を背《そむ》けた。

「わ、私のような清廉潔白《せいれんけっぱく》な魔法生物《ホムンクルス》が、そんな姑息《こそく》なことをするはずないじゃありませんかっ。ユキチさんの仕事の助けになればと思って、親切心から助言《じょげん》したまでですがっ？」

「それならあなただって、志藤と契約してる魔法生物《ホムンクルス》として、マスターの動向《どうこう》は把握しておくべきなんじゃないの？」

「私と志藤はたまたま、偶然契約を交わしただけですので。お互いの自由は尊重し合っております。ここはユキチさんが聞くべきかと——」

「そうよね、あなたと志藤の契約ってもう必要ないものだもんね？」

「ぬあっ！ と、とびきりの笑顔で何を言いますかいきなり！」

「だってもともとは、生まれたばかりの頃のあなたが存在を安定させるために、必要に駆られて契約したって話じゃない。今は十分安定してるって、研究員からお墨付《すみつ》きも出てるんでしょ？」

「ぐぬ……まさか知っていたとは……。ち、違うのですよ？ 検査の日はたまたま調子が良かっただけで、今でも完全には安定していないのデスヨ？」

「声裏返ってるけど」

アムリタは咳払いを一つすると、雪近に向かって人差し指を立てた。

「で、ではこうしましょう。一つ勝負をして、負けた方が聞く——と」

「へー、私に勝負を挑むんだ。勝負事では手を抜かない主義だけど、いいの？」

「ふふん。望むところです」

志藤が戻った時には、共有リビングには誰の姿もなかった。一緒に屋上を後にした宮子も、自室に寄ってから下りてくるとのことで途中で別れていた。

部屋にほのかに漂う入浴剤の香りに、志藤はリビングの一角へと視線を向ける。きれいに片づけられたキッチンの横に廊下があり、浴室へと続いているはずだった。

「みんなで入ってるのか？　仕方ない、待つか」

すでに志藤たちは九十九庵に泊まっていくことになっていた。雪近を通じて、保安室から許可も取ってある。

「ん？　なんだあれ」

ソファの組まれた一角に向かいかけてから、志藤はふと気付いて首を捻った。

リビングの隅——床を一段高くして、畳張りのくつろぎスペースが作られているはずの空間が、屏風《びょうぶ》のようなつづら折りの間仕切り《まじき》で覆《おお》われていた。

「あんなのなかったのに——」

「うう……」

ふと間仕切りの向こうからうめき声が聞こえた気がして、志藤は身構えた。

「誰かいるのか？」

呼びかけてみるも返ってくる声はない。

仕方なく、志藤は足音を潜《ひそ》めてそちらに近づいていく。そっと間仕切りに手をかけて横にずらすと、露わになった光景に息を呑んだ。

「こ、これは——」

体にバスタオルを巻いただけのアムリタと雪近が、畳にぐったりと横たわっていた。顔が真《ま》っ赤《か》で、どう見ても具合が悪そうだ。

「お、おい。どうした、大丈夫か二人とも」

眠っているのか目を回しているのか、二人とも反応を示さない。志藤もまた、声をかけたはいいがその場から動けなかった。

何せバスタオル一枚。横向きに寝そべった雪近と、豪快《ごうかい》に大の字になっているアムリタ。どちらも上気した太ももやら胸元やらが露わになっていて、目のやり場に非常に困った。例えば雪近のバスタオルのすそは今にも捲《めく》れそうだし、アムリタの方も結び目がいつほどけてもおかしくないほど緩んでいる。

「ん……っ」

雪近の唇から熱っぽい吐息が漏れる。首筋を流れ落ちた汗の玉が、鎖骨を伝って、胸の谷間に吸い込まれていった。両腕で胸を寄せるような格好になっているせいか、そう大きいわけではないのにやたらと強調されて見える。

(ど、どういう状況なんだこれは……——はっ!)

ふいにアムリタが寝返りを打った。その拍子にバスタオルの結び目がついにほどけ、桜色に上気した滑らかな背中と、細い腰、小さいがしっかりと丸みを帯びた尻が——

「って、まじまじ見てる場合じゃない！　こいつら一体なんでこんな格好で——」

「も〜……二人とも、あんなにのぼせるまでお風呂に入ってなくたっていいのに」

スリッパの足音が聞こえて、志藤は弾かれたように振り向いた。氷水《こおりみず》が入っているらしい洗面器と数枚のタオルを抱えた若菜が、お風呂場《ふろば》へと続く廊下からリビングにやってきたところだった。

志藤を見つけると若菜はぴたりと足を止め、表情を消し去った。

「志藤ちゃん?」

「あ、いやっ、これは——」

しかし次の瞬間、若菜はにっこりと微笑んだ。スリッパの歩みを再開させながら言う。

「ちょうどよかったわ、志藤ちゃん。手伝ってくれる? よく分からないんだけど、その二人お風呂で突然、我慢《がまん》大会始めちゃったみたいなのよ」

「が、我慢大会?」

「そうなの。先に湯船から上がった方が負けっていう勝負だったんですって。どっちも意地を張り過ぎちゃって、結局勝負つかずだったみたい。ホントにまったく……良い子が真似しちゃダメなことをしないで欲しいわよねぇ」

「それは、確かに。こ、困った奴らだな」

「うふふ。困った奴らだな、じゃ……」

若菜は志藤の横をすり抜け、畳の上に洗面器とタオルをそっと並べると——

「ねーだろこのエロガキぃいッ！」

「ごぶはぁッ！」

つむじ風のように振り向いて志藤の腹に掌底《しょうてい》を叩き込んだ。志藤は悲鳴と共に吹っ飛び、部屋を一直線に突っ切って観葉植物を巻き込みつつ壁に叩きつけられる。

「具合の悪い女の子をエロい目で見るような子に育てた覚えはないわよ、志藤ちゃん！」

「す、すみませんでし……た……」

鉢植えの観葉植物の下で、志藤は白目を剝くと同時に、がっくりと頭を垂れた。

ちょうど上階から降りてきていた宮子が、階段の途中で立ち止まってため息を吐く。

「……志藤が帰ってきた途端、賑《にぎ》やかになったものだわ」

∴　∵　∴　∵

翌日。志藤、アムリタ、雪近の三人は新宿駅東口に降り立っていた。

時刻は午前十時。辺りに見えるのは家電量販店や様々な百貨店を中心とした、大きな商業ビルばかりだ。昨日秋葉原へ向かう時にも乗り換えに利用した駅だが、土曜であるせいか時間帯のせいか、行き交う人はさらに増したように見えた。

「人の多いところは苦手です」

アムリタが眉間にしわを寄せて呟く。ずっと保安室で半幽閉《はんゆうへい》生活を送ってきたせいか、彼女は人込みや賑やかな場所では落ち着かなくなるようだ。

志藤はアムリタの頭、三角アンテナの間に手を置いた。

「心配するな。駅から離れれば人も少しは減るさ」

「だといいですが。ここから近いのですか？　赤間京平《あかまきょうへい》の縄張りは」

「宮子さんの話だと《黒爪団《ブラックネイル》》がよくたむろしてるお店まで、歩いても十分かからないってことだけど……」

赤間京平――《ワイズクラック》の元メンバーの一人。現在は《黒爪団《ブラックネイル》》という小さなクランのリーダーを務めているとのことだ。

「どんな人なのです、志藤」

「ん？　そうだな……ちょっと気性は荒いけど、いい奴だよ」

「宮子さんは口の悪い荒くれ者の、生意気なガキって言ってたわよ？」

「ま、まぁそれも間違ってはいないな。俺や宮子より一つ年下だけど、普通にため口だったし」

「しかもパンドラ事件以前は、《ワイズクラック》最強の男って言われてたらしいじゃない」

確かに傘下《さんか》のクランは、彼の戦い振りを評《ひょう》してそう呼んでいた。そのマナフレームの特性と喧嘩《けんか》っ早い性格が相まって、京平は戦闘において特攻隊長《とっこうたいちょう》的な役割を担っていたためだ。

「そうだが、俺たちは京平と話をしに行くだけだろ？　ヤツを――自称クラックヘッドを捕まえるために」

自称クラックヘッドは学園で、無関係な生徒まで巻き込んだ。そんな奴を捕まえられなかったのは痛恨《つうこん》だが、分かったこともある。

「まさか、マナを奪う手段があるとは思いませんでしたね」

「ああ。襲われた連中が魔法を使えなくなってたのは、そのせいだろうな」

「志藤の呪いとは原因が違ったってことよね？　よかったのか悪かったのか……」

「よかったに決まってる。やられた奴らも、マナが回復すればまた魔法が使えるんだからな」

「と言っても自称クラックヘッドが危険な奴であることに、変わりはありませんが」

「だから京平に、それを教えに行くんだ。協力してもらえればなおいい」

「そうね。でも上手くいくかな？」

雪近が肩を竦める。

「京平ってヒト、あなたのことを相当恨んでるって話じゃない」

「……らしいな。まぁ、行ってみるしかないさ」

《黒爪団《ブラックネイル》》が小規模な縄張りを構えているのは、新宿駅東口近郊だった。パンドラ事件以後は入れ替わりの激しい、縄張りの境界もあいまいな激戦区となっており、強大なクランの支配力は及んでいないらしい。

「ここか……」

駅を離れて数分歩いた頃、志藤たちは狭苦しい路地に立つ六、七階建ての雑居ビルの、地下へと続く階段の前で足を止めた。階段の横には『ライブ・バー　ダリア』と書かれた三角の立て看板が置かれ、営業は夕方六時からと書かれていた。

「志藤、二十歳未満入店禁止のようですけど」

「京平の奴、こんな大人の店が拠点《ホーム》なのか……」

「そもそも開店前のこの時間に、赤間京平はいるのでしょうか?」

「逆に今くらいの方が可能性は高いみたいよ? ここって《黒爪団《ブラックネイル》》のメンバーの一人の親御さんのお店で、開店前の掃除とか準備とかする代わりに、昼間だけ使わせてもらってるんだって」

「なるほどな。とりあえず行ってみるか」

「階段の下にドアが見えますね。鍵がかかっていたらどうします? ぶち破りますか?」

「ねぇアムリタ、私が保安官だって忘れてない?」

「そうでした。ユキチさんがバッヂを盾に店主を脅せばいいわけですね。さすがは悪徳保安官です」

「しないわよそんなこと!」

二人のやり取りには取り合わず、志藤は階段を下りた。ドアを引いてみると、予想に反して鍵はかけられていなかった。

木製のドアが軋《きし》むように鳴き、店内で一人カウンターを拭いていた男が振り向く。

「あ、悪いけどまだ営業時間じゃ——」

志藤と目が合うなり、男は唖然《あぜん》と動きを止めた。

髪は長髪と言っていいくらいの長さで、真ん中で分けられていた。肩幅は広いが筋骨隆々《きんこつりゅうりゅう》といった感じではなく、引き締まった体軀《たいく》の持ち主だ。Tシャツに皮のパンツ、ごつごつとしたショートブーツという出で立ち。

身長は志藤と同じくらい——いや、少し高くなっているだろうか。

志藤は頬《ほお》にぎこちない笑《え》みを灯《とも》した。

「背、伸びたな。京平」

「誰かと思えば」

京平は布巾《ふきん》をカウンターに放り投げた。鋭い瞳で、忌々《いまいま》しげに志藤を睨む。

「あんた生きてたんだな、志藤。アキラが一緒じゃねーとは驚きだぜ。一緒にトンズラこいたリーダー様とその右腕の仲だってのによ」

「のっけから嫌味《いやみ》が来ましたよ、志藤。やな奴ですね」

「誰だそのガキ——いや、誰でもいい。失せろよ志藤。今頃になってどっから何しに現れたのか知らねぇが、二度とこの店にも、俺にも近づくな」

「話があるんだ、京平」

志藤はドア口を離れて店内に踏み込んだ。京平から、点々と配された丸テーブルを二つほど隔てたところで立ち止まる。

京平がカウンターに置いた手で拳を握った。

「聞こえなかったか？」

「いや、聞こえた。俺にムカついてるのも分かってる。謝るよ。ただ、少し話を——」

「謝る？　誰に謝るってんだ？　パンドラ事件の夜に、保安官《ホワイトワンド》たちに潰された連中にか？　あれからすっかり弱体化して、ずっと守ってた縄張りをあっさり奪われることになった奴らにか？　《ワイズクラック》の傘下だったクランには、そんなとこがいくらでもあるぜ。今じゃあ、お互いに潰し合ってさえいやがる……！」

「…………」

「なぁ、おい。言ってみろよ。一体てめぇは……誰に謝るってんだ！　あぁ⁉」

「何を……っ」

怒声を上げる京平に、アムリタが鼻白《はなじろ》んだ。

「言いがかりは止《や》めてください。そんなのは結果論ではないですか。志藤がどんな思いで——」

「よせ、アムリタ」

「よすわけがありますか！」

「いいから」

アムリタは納得いかないという風に志藤を睨んだが、やがて嘆息《たんそく》して肩の力を抜いた。

「なら、もう行きましょう志藤。こんな奴に協力を頼む必要はありませんし、勝手にやられてしまえばいいんです」

「そうはいかないでしょ。もしかしたらあいつは、もうすぐ近くまで来てるかもしれないのよ？　保安官として放っておくわけには――」

「クソ保安官なんかとつるんでるのかよ。落ちたもんだな、志藤」

「こいつは放っておくことにして、次の人を探すわよ、志藤」

「待てって」

ドアに向かいかけた二人を制止して、志藤は京平に向き直った。

「今はクランのリーダーをやってるんだよな？　《黒爪団《ブラックネイル》》、だったか？　他のメンバーは一緒じゃないのか」

「他の奴らは用事がある。今日は俺一人だ。つーか、何を勝手に調べてきてんだよ。誰から聞いた、そんなこと」

「宮子だよ。九十九庵に行ってきたんだ」

「あいつ……クランに関わるのはやめたとか抜かしてるくせに、相変わらずアンテナだけは張ってやがる」

京平は面白くなさそうに舌打ちして、カウンターのスツールにどっかと腰を下ろした。広げた足を床に投げ出し、天板の側面に背中を預ける。

「リーダーなんて、《黒爪団》《あいつら》が勝手に言ってるだけだ。そんなんじゃねーよ」

「そうなのか？」

「せいぜい用心棒《ようじんぼう》ってとこだ。結構でけぇクランに襲われてるところを行きがかりで助けたら、リーダーなんて呼ばれるようになっちまっただけでな。まったく、クラン界隈《かいわい》はあちこち抗争だらけだぜ。いつの間にこうなったんだか。なぁ、志藤」

　また嫌味を……と眉間にしわを寄せるアムリタのことは気にしないことにして、志藤は口を開いた。

「俺たちは今、クラックヘッドを名乗る魔法使いを追ってる。もちろん偽物だが」

「はッ、そりゃ笑えるぜ」

「そしてお前は今、そいつに狙われてる。というか《ワイズクラック》の元メンバー全員を狙っているらしい。昨日宮子も襲われた。幸い大事はなかったよ」

「そうかよ。だから？」

「昨日少しやり合ったが、クラン同士のルールなんて通じない奴だった。無関係な他人だって平気で巻き込む。すぐにでも捕まえたいんだ」

「だから何だって聞いてんだよ。俺を狙ってる？　上等だ。来りゃあいい。だがあんたに協力はしねぇ。そもそもクラン同士のルールなんて、とっくに過去の遺物に成り果てたんだよ。あんたは知らねぇかもしれないけどな」

京平がカウンターに頬杖を突き、嘲《あざけ》るような微笑を浮かべてみせた。

志藤は腕を開いて、頼み込むように言う。

「なぁ京平。俺を恨むのも腹を立てるのも仕方ないが、説明くらいさせてくれないか。それに、分かってるのか？　お前が狙われてるってことは、お前が用心棒だかリーダーだかをやってる《黒爪団《ブラックネイル》》にも累《るい》が及《およ》ぶってことなんだぞ？」

「そんなのはあんたの知ったこっちゃねーんだよ。突然のこのこ現れて、することといったらくだらねぇ指図《さしず》か？　一年前の言い訳の一つもしねぇとは、恐れ入るぜ」

「そのことも説明する」

「別にしてもらいたかねーよ。いいから出てってくれ」

不機嫌そうに顔を背ける京平に、志藤は一つため息を落とした。一度俯《うつむ》けた顔を再び上げた時、その視線は鋭く京平を睨みつけていた。

「五歳のガキみたいなマネはやめろ」

「なんだと？」

「《黒爪団《ブラックネイル》》のメンバーにとってお前がリーダーだろうと用心棒だろうと、さっさと関係を断たないってことは、そいつらはお前の『仲間』なんだろ？　仲間が危険に晒《さら》されるのを、黙って待つつもりか？　せめて話くらいは——」

「仲間だとか……」

　京平がこちらに背を向けるように椅子から降りた。カウンターに広げた布に伏せてあったグラスを一つ手に取り、振り向き様、腕を振り上げる。

「てめぇがほざいてんじゃねぇよ！」

　顔に向かって正確に飛んできたグラスを、志藤は片手で無造作に掴んだ。目の前のテーブルにそっと置く。

「せめて話くらいは聞いてもらうぞ？　その後にどうするかは任せる。別に手を貸せとも言わない。――それでいいな？」

「いいやよくねぇな。俺の要求は『今すぐ出ていけ』だ」

「そうか……」

「これ以上は時間の無駄です、志藤」

「同感ね。残りの一人を探すことにした方が――」

「なら、ぶん殴って話を聞かせるまでだ」

「「志藤!?」」

　志藤が《パラベラム》を纏《まと》ったのを見て、アムリタと雪近がぎょっとする。志藤はテーブルをゆっくりと回り込みながら、唇の端を吊り上げた。

「生意気《なまいき》盛りは終わってないらしいな、京平。懐かしいぜ」

京平もまた、舌打ちをして強化魔法を発動させる。

「昔のケンカと同列に考えてんじゃねーぞ、志藤。昔の俺ともな。あんたがどこで何してたか知らねぇが、俺はこの激戦区で《黒爪団《ブラックネイル》》を守ってきたんだ」

「これからも守ってやる気があるなら、話を聞け。ヤツが使うのはただの魔法じゃ――」

「てめぇの指図は受けねぇっつってんだろ！」

京平の怒声《どせい》が志藤の言葉を遮《さえぎ》り、それきり、二人ともが押し黙った。険しい視線が中空でかち合い、空気が張り詰めていく。

アムリタと雪近が、慌てて志藤のもとに駆け寄った。

「ちょ、ちょっと！　あなたまで意地にならなくていいじゃない！」

「そうですよ、志藤！　こんなところで戦うつもりですか⁉」

「何か壊したら後で直す」

簡単な術式ではないが、構造の単純なものなら修復できる魔法はある。

志藤は京平を顎でさし示した。

「こいつがな」

「上等だぜ、志藤。初めからこうすべきだった。てめぇの面を見た瞬間から、ぶちのめしたくって仕方なかったんだからな」

京平がカウンターの前を離れた。アムリタが志藤の袖を摘《つ》まみ、小声で言う。

「ダメです、志藤。相手が腕利きの魔法使いでは、また呪いが悪化して――」

と、突然響いたメロディが、アムリタの声を掻き消した。メロディは京平から聞こえてきていた。

京平は舌打ちしてポケットから携帯を抜き出し、志藤を一睨みしてからこちらに背を向けた。

「どうした。今日はスタジオで音合わせ中じゃねぇのか？」

宮子によると《黒爪団《ブラックネイル》》はバンドマンのクラン。電話はクランのメンバーからなのだろう。つまり用事というのは、バンドのリハーサルか何かだったわけだ。京平がそれに同行しなかったのを見ると、彼はクランの用心棒ではあってもバンドの一員ではないらしい。

携帯から漏れ聞こえてくる声は、内容こそ聞き取れないものの、随分取り乱していた。京平の声も険しくなる。

「変な奴？　魔法使いか？　――は？　マナを奪うって、何バカなこと……おい、おい！」

京平は携帯を耳から離し、その画面を睨んだ。どうやら通話は切れたらしい。舌打ちをすると大股でこちらにやってきて、そのまま志藤たちの横を通り過ぎた。

「用事ができた。俺が戻るのを待つ必要はねぇから、このまま消えな」

「今の電話、黒い鎧《よろい》を着た魔法使いだって言ってなかったか？」

ドアの手前で足を止め、京平は振り返った。苛立《いらだ》たしげな視線で志藤を見やる。

「なんで分かった。いや、そうか。そいつが……」

「自称クラックヘッドだ。きっとお前が一緒にいると思ったんだろう。拠点《ホーム》より出先を襲撃した方が、やりやすいからな」

「だとしたら、向こうにも優秀な情報提供者がついているのかもしれませんね。宮子さんのことを調べていた人と同一人物でしょうか」

「くそが！」

京平が毒づきながら床を蹴った。ぶち破るような勢いでドアを開けると、外に飛び出していく。

「待て、京平！」

「追いかけるわよ、志藤」

京平に続いて、志藤たちも店を後にした。


志藤たちがスタジオに到着するまで、十分もかからなかった。それでも間に合わず、着いた時には全て終わっていた。

「リーダー、すんません……」

スタジオのある建物前の狭い道路。志藤は車輪付担架《ストレッチャー》に乗せられ運ばれる少年と、担架《たんか》に沿って足早に歩く京平の後を、少し離れてついていく。雪近の呼んだ救急車がすでに到着していて、そちらに向かっている途中だった。

建物は外観だけなら異変はなかったが、中はひどいありさまで、壊れた音響機器の間に少年たちが点々と倒れていた。

別室ではスタジオのスタッフも、マナのほとんど枯れた状態で見つかっている。

「あいつ、リーダーを出せって……捕まえようとしたんですけど、あいつの魔法、意味が分かんなくて。気づいたら……」

髪を針山のように尖らせたパンキッシュな少年は、担架の上で悔《くや》しそうに歯噛《はが》みした。

「四対一で手も足もでないなんて……俺たちホントに弱くて、すんません、リーダー」

「俺はお前たちのリーダーなんかじゃねぇ。何度も言ってんだろ」

突き放すような言葉に少年が目を伏せた。

救急車の後部まで来ると京平は足を止める。救急車には既に二人、《黒爪団《ブラックネイル》》のメンバーが乗り込んでいた。一人はやはり担架に寝かされ、もう一人は比較的ダメージが少なかったらしく、作り付けの椅子に座ってうなだれている。

メンバーの残りの一人は、スタジオのスタッフと共に別の救急車で運ばれていった後だ。

「情けない顔してんじゃねぇ」

京平が車内の《黒爪団《ブラックネイル》》メンバーを見回して口を開いた。三人が顔を上げる。

「こんな舐《な》めたマネした野郎には、俺が借りを返しとく。お前らは医者の言うこと聞いてさっさと身体治して、早くライブの準備に戻れ。初ライブ近《ちけ》ぇんだろうが。——分かったな？」

「リーダー……」

「だからリーダーじゃねぇっつってんだろ。あと、先に運ばれてった山本《やまもと》にも伝えとけ」

京平が離れると救急隊員が後部ドアを閉め、まもなく救急車は走り去った。

道端に立ち尽くし救急車を見送る京平に、志藤は歩み寄った。呼吸が苦しく、肺がじっくりと焦《こ》がされたように熱を持っている。京平のスピードについて行くために、無理をして強化魔法の出力を上げたせいだ。

（だとしても、昨日より調子が良くないな。薬の吸い過ぎか）

それでも吸わないよりはマシで、志藤は吸入薬を肺に流し込んでから口を開いた。

「すまない、京平。俺たちがもう少し早くお前のところに来ていれば――」

「黙れ」

京平が顔だけで振り向き、険しい視線で志藤を射抜いた。

「わざわざ胸糞悪《むなくそわり》ィことに巻き込みに来てくれてありがとよ、志藤。あんたなんざクソくらえだ」

「バカなことを言わないでください。ヤツがあなたや《黒爪団《ブラックネイル》》を狙ったのは、志藤とは何の関係もありません。むしろ志藤は警告に来たというのに、あなたが無視したのではないですか」

「いや、どっちにしろ遅かった。京平が素直に聞いていたところで、間に合わなかったろうな」

「そ、そうかもしれませんが……」

アムリタが唇を尖らせ、視線を逸《そ》らした。

「とにかく、危険な相手だってことはあなたも分かったでしょ？　こんなことをされた借りを返すためにも、私たちに協力して」

訴《うった》えかける雪近に、しかし京平は舌打ちを返す。

「うぜぇな、クソ保安官」

「はあ⁉　なんですって⁉」

「何が『借りを返すためにも』だ。分かったようなこと言ってんじゃねーよ」

「ふふん。恐れ入りましたか、これぞユキチさんの得意技・弱ってる人につけこむの術です！」

「あなたはどっちの味方なのよ！」

京平は志藤たちから視線を外すと、その場を離れ歩き出す。

「おい、京平」

「俺は俺一人でそいつを見つける。じゃあな」

志藤は小さく嘆息して、彼が小道へと折れるのを見守った。アムリタが眉を顰《ひそ》める。

「行かせてよかったのですか？」

「仕方ないさ。無理やり協力させるわけにもいかないからな」

「でも、宮子さんも《ワイズ》のあと一人が何をしてるのか知らないっていうし……」

雪近が腰に手を当ててため息を吐いた。

「振り出しに戻された気分ね」

京平は狭い路地を足早に進みながら、ポケットから携帯を抜き出した。

この近辺を縄張りにしているクランはどこも弱小だ。弱小同士は助け合いも大事で、横の繋がりがそれなりに強い。

騒ぎに気付けば、誰かが様子を見に来ていてもおかしくはない。

(どっかのクランの奴が見てるはずだ)

電話帳を開き、幾つかの名前を探しているうちに、京平はふと手を止めた。

九十九庵の番号が目に留まったのだ。

「…………」

志藤は宮子に会ってきたと言っていた。京平は聞く耳を持つ気になれなかったが、宮子は違うだろう。伊達《だて》に情報屋になったわけではなく、根掘《ねほ》り葉掘《はほ》り聞いたはずだ。

「……俺には関係ねぇ」

自分に言い聞かせるように呟く。ただ、一つだけどうしても気になることがあるのは確かだった。たった十分程度走っただけで、志藤は青白い顔をしていた。あの桜田《さくらだ》志藤が、だ。

首に下げていた薬と何か関係があるのだろう。

「くそ」

苛立たしげに毒づき、京平は九十九庵の番号を選んだ。

5.《ゲーティア》の二人

新宿《しんじゅく》駅近郊の百貨店の一つ、志藤《しどう》たちはレストランフロアの喫茶店で、小腹《こばら》を満たしつつ作戦会議を開くこととなった。

レストランフロアはビルの上層階に位置し、三人は窓のすぐそば、正方形に近いテーブルについている。床まで届く窓ガラスの向こうに、ごみごみとした灰色の街並みを見渡せる。

腹の虫が収まらないといった様子で、アムリタは頬《ほお》を膨らませた。

「まったく。あれのどこがいい人なのですか、志藤」

「あいつが怒るのは無理ないさ。許してやってくれ。と言っても、まぁ、俺《おれ》も多少文句は言ったわけだが」

「そうそれ。さっきはホントに冷や冷やしたんだからね。場所が場所ってこともあるけど、あのまま戦うことになってたら、呪《のろ》いの症状がどこまで悪化してたか……」

「こればかりはユキチさんの言う通りですよ、志藤。もっと気を付けてください」

「ぐ……」

女子二人に責められて、志藤は喉を詰まらせた。それから言い訳するように言う。

「確かに今のまま京平《きょうへい》とやり合うのは難しいと思うが、俺にもいざとなったら奥の手が――」

「ないです」

アムリタがぎろと志藤を睨《にら》んだ。強調するように一語一語を区切りながら、言葉を続ける。

「そんなものは、存在、しないん、ですっ。――分かりましたね？」

「は、はい……」

二人のやり取りに雪近《ゆきちか》が首を捻《ひね》る。

「何の話してるの？」

「え？　そうか、ユキチが保安官になる前の話だったな。実は保安室以外にも――」

「志藤。何度言ったら分かるのですか。あれは――」

「あ、お前の頼んだパンケーキがきたぞ、アムリタ」

「この話は後にしましょう」

「それでいいのあなた!?　大事なことみたいだったのに!?」

アムリタに雪近の声はもう届いていないようだった。左右の手にナイフとフォークを構えると、店員が置き去ったメープルシロップたっぷりのパンケーキを一心不乱《いっしんふらん》に見つめる。

やがてアムリタは一流の職人のような気迫と共に、パンケーキの切り分けに取り掛かった。

「とにかく」

何かを諦めたらしい雪近が重いため息を零《こぼ》し、志藤に顔を向けてくる。

「あなたにはもっとしっかり自己管理してもらうことにして……、自称クラックヘッドはまた赤間《あかま》京平や宮子《みやこ》さんを狙ってくると思う？」

「どうかな。どっちの場合も、奴は相手の隙《すき》を突ける場所を選んでる。もう一度となると不意打ちの難易度は格段に上がるし、あまり可能性は高くないんじゃないか？」

「じゃあ最後の一人を狙うかな？　山王寺《さんのうじ》咲耶《さくや》さん、だっけ？」

「ああ。ただ、宮子の耳にも咲耶の動向は入ってこないらしいからな。本当にクランと関係のない世界で生きてるのかもしれない。もしそうだとすると、たとえヤツが優秀な情報屋を味方にしていたとしても、見つけるのは難しいと思う」

宮子の場合は、秋葉原《あきはばら》で情報屋のようなことをやっていたことが仇《あだ》となった。別のところに住み、魔法学園の何の変哲《へんてつ》もない一生徒として生活していれば、おそらく彼女も見つかることはなかっただろう。

「それならもう《ワイズクラック》の元メンバーを狙うこと自体、諦《あきら》めるかな？」

「だといいんだけどな。だがそうなると、どうやってヤツを探せばいいのか……」

「ってことになるわよね」

志藤と雪近が揃って嘆息する。

「アムリタ、あなた何かアイデアない？」

「後にしてください。私は今、パンケーキを切る作業に全神経を集中しているので」

「それこそ後にできないの⁉」

二段重ねのパンケーキから、きれいに整った大きめの三角を切り出すアムリタ。突き刺したフォークで持ち上げ、しばし様々な角度から眺めた後、口に放り込む。

途端、アムリタは瞼《まぶた》を固く閉じ、くねくねと踊るように身を捩《よじ》った。やたらとテンションが上がっている様子を見ると、どうやらお気に召したらしい。

「あのねぇ、アムリタ。一応これ、作戦会議なんだか――」

雪近の言葉を中断させたのは、彼女の携帯の着信音だった。電話が来ているようだが、画面に表示された着信相手を確認して、雪近は眉を上げた。

「香里《かおり》さんからだ。ちょっと出るね」

自称クラックヘッドに壊滅させられたクラン《ゲーティア》に所属していた少女、樋田《ひだ》香里。昨日話を聞きに行った時に、何かあればと雪近が連絡先を教えていたのだ。退院はもう少し先の予定なので、病院からかけてきているのだろう。

「もしもし、香里さん？」

〈すみませんっ、突然電話なんてして……！〉

香里の声が大きいのか雪近との距離が近いせいか、内容が漏れ聞こえてくる。ただ事でない雰囲気だ。雪近も不安そうに眉根を寄せた。

「どうしたの？　大丈夫？」

〈それが……連絡があったんです！〉

「連絡って、誰から？」

〈ですから、その、皆さんが探している……――ク、クラックヘッドから〉

「ええ⁉」

雪近が猛然と立ち上がった。周囲の視線が集まるものの、それを気にしている場合ではなさそうだ。

「どういうこと⁉　なんで香里さんに！」

〈本当にすみません。実は彼、クラックヘッドなんかじゃないんです〉

電話の向こうの香里は、一拍置いてから言葉をつづけた。

〈名前は水田祐樹《みずたゆうき》くん。《ゲーティア》のメンバーです〉

「《ゲーティア》の⁉」

〈でもこれは、あたししか知らないことなんです！　だからどうか、他の子たちには言わないでください！　水田くんは確かに悪いことをしたかもしれませんけど、彼はただ――〉

「落ち着いて香里さん！　今からそっちに行くから……」

〈いえ、時間がないのでこのまま聞いてもらえませんか。全てご説明しますから〉

「時間がない？　ちょっと待って、連絡があったって言ったわよね？　クラック――ううん、水田祐樹から。まさか、呼び出されたの？　病院を抜け出したんじゃないでしょうね？」

〈…………〉

「ダメよ、香里さん。絶対に行っちゃダメ！」

〈でも水田くん、あたしと会って話したいって言ってくれたんです！　もしかしたら、説得できるかもしれないんです！　あたし、水田くんを止めて欲しくて雪近さんに話しましたけど……やっぱり、できれば自分で……！　わがまま言っているのは分かってます。でもお願いします、雪近さん。今はあたしの話を聞いてください〉

「香里さん……」

〈始まりは、水田くんが魔法生物《ホムンクルス》と契約したことでした〉

「魔法生物《ホムンクルス》？　香里はそう言ったのか？」

住宅街に押し込まれた民家やアパートの屋根から屋根へと飛び移りながら、志藤は吸入器を口元に運んだ。すぐ近く、志藤にピタリとついて走る雪近に視線を投げる。《パラベラム》を纏《まと》った二人の動きは風に乗った羽のように軽やかだった。

香里が最後には教えてくれた、彼女と自称クラックヘッドこと水田祐樹が落ち合う場所に向かっているのだ。昨日ＥＥ《イーストエンド》魔法学園に向かった時と同じく、直線距離で。

「しかしですね、ユキチさん。パンドラ事件以来、魔法生物《ホムンクルス》は規制されているのでは？」

背中に展開した翼《つばさ》で本当に飛んでいるアムリタが、高度を下げて志藤たちに並んだ。メカニカルなデザインの翼も、やはり兵装の一部だ。

確かに今では、魔法生物《ホムンクルス》の取り扱いは総局《そうきょく》によって規制されている。大手の研究所でもかなり厳しい条件をクリアしなければ研究の許可が下りない。一個人が契約するなどとんでもない話だ。

「どうやって手に入れたのかは香里さんにも分からないらしいけど、ある日水田が、魔法生物《ホムンクルス》と契約したって言って、彼女にそれを見せたんだって」

「どんな魔法生物《ホムンクルス》なのです？」

「不定形の塊《かたまり》だったたって話よ。スライム？　みたいな。最初はバスケットボールくらいの大きさだったそうなんだけど……」

「『最初は』、ですか？」

「うん。香里さんが最後に魔法生物《ホムンクルス》を見たのは、水田がクランを三つ襲った後。初めの時よりずっと大きくなってたそうよ？　水田が言うには、その魔法生物《ホムンクルス》は成長するらしいの。――他の人のマナを食べることで」

「むぅ……」

二人のそばを飛行しながら、アムリタが眉間《みけん》に皺《しわ》を刻んだ。

「マナを強制的に活性化させて、自分に取り込めるんだって」

「そういう仕掛けだったたのですか」

「だが昨日、ヤツは魔法生物《ホムンクルス》なんてどこにも――いや待て、そうか」

志藤の胸中を見透かしたように、雪近が頷く。

「【煉鉄《れんてつ》】や鎧《よろい》が、魔法生物《ホムンクルス》だったのよ」

「不定形の状態から、なんにでも姿を変えられるってわけか。悪くないな。その魔法生物《ホムンクルス》の特性をちゃんと活かしてる」

「感心している場合ですか。香里さんが初めからそれを教えてくれていれば……」

「それは言わないであげて。水田とは幼馴染《おさななじみ》らしくって、彼女も迷ってたのよ。自分の所属するクランを襲うまでに至って、保安室に言おうって決意したみたいだけど……」

「仲間を裏切った仲間を庇《かば》う、か。ダメだと分かっていても、踏ん切りがつかなかったんだろうな。責めはしないさ」

「うん。今は彼女を無事に保護することが先決よ。――この辺りのはずなんだけど」

雪近は携帯に送られてきた地図を確認し、辺りを見回した。先ほどと同じく新宿区内。確かに、香里のいた病院からさほど離れていなかった。

住宅と商店が程よく混ざった地区で、高い建物もほとんど見当たらない。幹線道路だけでなく、途中見かけた商店街からも距離のある場所だった。辺りの人通りは決して多くない。

雪近が街の一角を指さした。

「あった、あれだ！」

「建設中のビル、ですか」

三人は路面に降り立ち、ビルに駆け寄った。確かに建設中だが既にそれなりの――五階程度の高さに達している。だが最上部は、まだ剝《む》き出しの鉄骨が組まれているだけだ。

「静かですね。工事の方はいらっしゃらないのでしょうか？」

「みたいね」

「入ってみるか」

ビルの敷地は白いパネルで囲われ、入り口にも鍵がかけられていた。三人は辺りに人影がないタイミングを見計らって、パネルを飛び越えた。

敷地は狭く、地面に降り立てばビルの外壁が目の前だ。下から数階は既にほとんどの工程を終えているらしく、まだドアのはめられていない入り口の奥にただ広いフロアが覗いていた。

当然だがフロアは殺風景なもので、目に付くのはビニールシートや木くずくらいのものだ。

「香里さんはこの中なのですよね？」

「多分ね。私たちより早く着いてるはずだから」

フロアに顔を突き出し、耳を澄ませてみる三人。風の音すら聞こえなかった。

「どうします、志藤？」

「そうだな、じゃあ出来るだけ慎重に――」

バタン！　と何かが倒れる音と共に、ビル内に短い悲鳴が響いた。上の階からだ。

「志藤、今のは……」

「香里さんの声よ！　慎重さは後回しね。行きましょ！」

「ああ！」

志藤たちはビルに飛び込むと、階段を見つけて上を目指した。悲鳴と物音が聞こえたのは一瞬のことで、各階は既にどこも静まり返っていた。

「アムリタ、さっきの声の位置は分かるか？」

「おそらく最上部かと。反響のせいで正確な方向は分かりかねますが、階段からは少し距離がありそうですね」

頭に生えたアンテナのおかげなのか、アムリタは常人より様々な気配を察知《さっち》する能力に長けている。彼女の言葉を信じて、三人は一気に最上階まで階段を駆け上がった。

階段を上りきると、規則的に組まれた鉄骨と防音防塵《ぼうおんぼうじん》用に張られた白い布に囲まれた、天井のない空間に出た。今のところの最上階だ。建物の端に位置する階段からは、床は全面に張られているが壁はまだ一部しか仕上がっていない、造りかけのフロアが見渡せた。フロアのところどころに屹立《きつりつ》している鉄骨は、これから柱となるのだろう。

雪近がすばやくフロアに視線を走らせる。

「香里さんは……」

「見当たりませんね。ですが先ほどの声と音の出どころは、この辺りのはずです」

「探してみよう」

部分的に出来上がっている壁のせいで、フロアには死角も多い。三人は階段を離れて駆け出す。幾つかの壁を回り込んだ先、香里はフロアのほぼ中央で見つかった。

「いた！　香里さん！」

入院着ではなく白いシャツに、黒いスカートと黒い棒タイを合わせた私服姿。両腕を頭上で縛られ、うなだれたまま、大黒柱のような一際太い鉄骨に括《くく》り付けられている。

呼びかける雪近の声にも反応を示さない香里。意識を失っているようだ。彼女を柱に縛り付ける黒いロープのようなものは、相当な力がかかっているのか、肌に食い込んでいた。

志藤が眉を顰めた。

「あれは……」

「なんてことをするのよ、水田って奴は！」

雪近が香里に駆け寄り、ロープを解《ほど》きにかかる。

「あ、あれ？　なにこれ結び目どこ？」

「まずいッ、離れろユキチ！　それも魔法生物《ホムンクルス》だ！」

「え⁉　きゃあ！」

志藤の警告は間に合わなかった。

黒いロープが枝のように姿を変えて、雪近に襲い掛かる。かわせるような距離ではなかった。

先端を鋭く尖らせたいくつもの枝が、雪近の身体を貫く。

ロープの大部分が枝と化し、解放された香里が鉄骨をずるずると伝って床に横たわる。反対に、枝に貫かれたまま、雪近の足が床を離れた。

「あ……ぐ……！」

「ユキチさん！」

アムリタが叫びながら飛び出しかけ——

「こいつはすげぇ。見かけによらず、大したマナの持ち主じゃねぇか」

しかし背後から響いた声に動きを止めた。弾かれたように振り向く。

彼の登場を予期していた志藤は、視線だけをそちらに向けた。水田はやはり黒い鎧を纏《まと》っていたが、今回は顔を晒《さら》していた。

「あなたが水田祐樹ですね！　なんて卑怯な真似をするのです！」

「そこから動くんじゃねぇぞ？　さもなきゃそいつ、マナを分捕るだけじゃすまな——え？」

少し離れた空中に浮かび上がった魔法陣に、水田がぎょっと息を呑む。魔法陣から三日月形の刃が飛び出し、香里と雪近の間をすり抜けた。

黒い枝が切り裂かれ、解放された雪近が床に降り立つ。宮子から聞いていた通り、枝は彼女に何ら外傷を与えていなかった。だが身体に力が入らないようで、雪近はその場に膝をついた。

「ユキチさん！　大丈夫ですか！」

「う、うん……私より香里さんを……！」

「う……うぅ、ん」

雪近の視線の先で、香里がうっすらと瞼を上げた。

「あ、あれ……私……？　水田、くん……？」

「んな、バカな……！」

香里の茫洋《ぼうよう》とした視線が水田を捉えた。が、水田の方はそれどころではないようだ。

空中に現れていた《シミター》の魔法陣が溶けるように消えていく。志藤が発動させたもので、今立っている場所からでは雪近自身が射線に入ってしまうため、数メートル離れた空中に術式を編んだのだ。

水田が呆然と呟く。

「術式の遠隔構築を、あんな一瞬で……だと？」

「そこから動くな、だったな？　要求には応えたぞ」

（な、なんなんだ……こいつ……！）

戦慄《せんりつ》が背筋を駆け上がる。水田はその時になってようやく、前方に佇《たたず》むその男の力を、見誤っていたことを知った。

術式の遠隔構築は高等技術で、例えば何メートルも先にあるキャンバスに何メートルもの長さの筆で、写実主義に則《のっと》った絵を描けといわれるようなものだ。

（それを一瞬で⁉　んなバカなことが出来るってのか⁉　あり得ねぇ、どうかしてる……！）

「もう分かったとは思うが、念のため言っておくぞ」

相変わらず香里たちの方に身体を向けて佇《たたず》んだまま、男は冷たく射抜くような視線だけをこちらに向けていた。

「俺はここから動かなくてもお前をぶちのめせるし、何なら殺せる」

「…………ッ！」

「お前には三つ借りがある。宮子《みやこ》とユキチの分。そして《黒爪団《ブラックネイル》》の分だ」

呟くように淡々と言いながら、男はゆっくりとこちらに身体を向けた。水田は思わず、一歩後退《あとじさ》る。

水田の気後れを見て取ったか、男は傍らの少女に目配せした。頭に三角耳のような大きな飾りを付けた少女は、一つ頷いて香里たちの方に駆け寄る。

「お、おい、妙なマネは――」

「お前は俺の仲間を傷つけた。俺の仲間が、守ろうとしたものまで。だから、俺は怒ってるんだ、水田祐樹。……あいつらが俺を、もう仲間だと思っちゃいなくてもな」

言葉を遮《さえぎ》られても、水田は何も出来なかった。男の声も双眸もどちらかと言えば静けさに満ちているというのに、鋭い敵意と重い圧力《プレッシャー》が伝わってくる。『妙なマネ』をしたらやられるのはこちらだと、はっきり分かる。

「なんなんだ……なんだってんだ、てめぇはァ！」

橘《たちばな》宮子や赤間京平のマナは、確かに手に入れ損ねた。だが保安官の少女のマナはかなりの収穫だ。魔法生物《ホムンクルス》は確実に成長している。借りものとは言え、魔法生物《ホムンクルス》が力を増したのを、肌で感じる。

（なのに、なんでこんな奴にビビらなきゃなんねぇんだ俺は！）

だが男が目の前で高等技術を披露したことも、昨日のＥＥ《イーストエンド》学園で、魔法生物《ホムンクルス》を利用して作った檻《おり》を容易《たやす》く突破してきたことも事実だ。昨日は現れた時点で既に顔面蒼白だったので、ザコが無理をして飛び込んできただけだとばかり思っていたのだが――

（橘宮子の知り合いで、保安官とつるんでる……一体、何者だってんだそりゃ……！）

男は喘息《ぜんそく》持ちなのか、首から下げていた吸入器を口に咥《くわ》え、薬を一呼吸した。

「お前が無事でいられるたった一つの道は、大人しく捕まることだ。抵抗しなければ余計な危害は加えない。お前には聞きたいことがあるから、喋《しゃべ》れないようにはしたくないしな」

「き、聞きたいこと……だと？」

「そうだ。その魔法生物《ホムンクルス》をどうやって手に入れたのか、とかな。魔法生物《ホムンクルス》自体も調べなきゃならない」

つまり大人しく捕まった上で、真相を全て話し、魔法生物《ホムンクルス》も引き渡せということだ。冗談ではない。

「ふ、ふざけんな。それだけは出来ねぇ。せっかくもらった、この力だけは……！」

「もらった？　それは、もしかして――」

「水田くん……」

か細い声が耳朶《じだ》に届く。三角耳の少女に手を貸され、香里が半身を起していた。顔色の悪い保安官もその傍《かたわ》らに控えている。

二人の少女は何やら気遣わしげに香里に声をかけていたが、当の香里はただ真《ま》っ直《す》ぐ、水田に視線を向けるばかりだ。

(そうだ。ここまでやって、引けるかよ)

水田は奥歯を噛みしめた。

「この俺に、デケェ口叩いてんじゃねーぞ。てめぇが何者だろうが、知ったこっちゃねぇんだよ！　俺は魔法生物《こいつ》の力で、クラックヘッドになるんだからなァ！」

振り上げた手の先で黒い風が逆巻いた。風が収束し、【煉鉄《れんてつ》】を模した大剣へと姿を変える。

同時に水田の頭部を、無貌の面が覆った。

「てめぇはこの場で、俺がぶっ倒す！」

大剣を構える水田に、男は眉を上げた。それから唇の端に微笑を灯す。

「やれやれ。そういうのはやめて欲しかったんだがな。勇気と無謀をはき違えるな――なんてことをよく言うが……」

「む、無謀なんかじゃ――」

「俺は嫌いじゃないぜ。無謀を承知で意地を通そうとする奴が」

「な……⁉」

「もちろん手加減してやるつもりはないが……いいだろう、来いよ。格上ってのがどういうものか教えてやる」

「偉そうにしやがって！」

水田は吐き捨てるように言いながら、大剣を振り上げた。短冊形の武骨な刃が炎を灯す。

「吹っ飛びやがれぇ！」

「――てめぇがな、クソ野郎」

水田が剣を振り下ろす前に、聞き覚えのない声が辺りに響いた。同時に赤銅《しゃくどう》色の球体が、水田の周囲にいくつも出現する。

正面に佇《たたず》む男が弾かれたように視線を転じた。そちらにいるらしい誰かに向かって叫ぶ。

「やめろ、京平！」

結局、水田はそいつの姿を見ることは出来なかった。赤銅色の球体が弾け、衝撃が全方向から彼を襲った。

∵　∴　∵　∴

のたうつように広がった衝撃波に、志藤は腕で顔を庇《かば》った。後方で、一塊になった少女たちが短い悲鳴を上げる。

「くそ。京平の奴、なんだってここに……」

衝撃が止むと、その中心にいた水田はふらつき、膝から床に崩れ落ちた。かなりのダメージのようで、黒い鎧にはところどころ亀裂が走っていた。大剣はすでに姿を消している。

両膝をついた体勢すら維持できず、水田がどっと倒れた。無貌の面が床を叩く。

「ぐ……う……！」

「このくらいでへたばんじゃねーぞ、おい」

ごついブーツが、打ちっぱなしのコンクリの床に足音を響かせた。京平は長髪をかき上げながら、大股でフロアを横切ってこようとしていた。

「てめぇには《黒爪団《ブラックネイル》》がやられた分を、倍にして返すつもりなんだからな」

「割り込みは感心しないぞ、京平」

言いながら、志藤は力なく横たわる水田に近寄る。まだ意識はあるようだが、この様子だとしばらくは腕一本動かせはしないだろう。

水田から視線を外すと、志藤は彼を背後に庇《かば》うようにして、京平に身体を向けた。

「どうやってここまで辿《たど》り着いた？」

京平が立ち止まり、鬱陶《うっとう》しそうに顔をしかめる。

「俺はもう一年近く、新宿を縄張りにしてる連中と一緒にいるんだぜ。それだけあれば、近所のクランに顔見知りくらいできる。その中にそいつが逃げてくのを見ていて、しばらく尾行してた奴がいたんだよ」

「なるほど。そしてお前に報《しら》せたわけか」

「納得してもらえてなによりだ。話は終わったな？　じゃあ、そいつを渡してもらおうか」

「それは出来ない」

志藤が頭を振ると、京平が眉間に深い皺を刻んだ。

「なんだと？」

「分かってると思うが、俺は今保安室を手伝ってる。個人的に聞きたいこともあるし、こいつは……水田は保安室に連れていく。お前に渡すわけにはいかない。お前がこいつを痛めつけるつもりだとなれば、なおさらな」

「やられたのは俺の仲間だ」

「だとしても、今の一発で十分だろう。後はこっちに任せてもらう」

「勝手に決めてんじゃねぇぞ、志藤」

京平が険しい視線で志藤を睨む。

「あんたはもうクランの魔法使いじゃねぇどころか、保安官の手先だろうが。そんな奴に何を任せろって？　これはクランの間で起きたことだ。クランの間で片を付ける。今のあんたの、出る幕じゃねぇんだ」

「だが先に水田に辿り着いたのはこっちだ。どんなケンカだろうと勝負だろうと、保安官が出張ってきたらクランの魔法使いは退散してただろう、京平。俺たちは自由な魔法使いでいたかっただけであって、保安室や総局に楯突《たてつ》きたかったわけじゃ――」

「なんでそんなことが言えるんだ、あんたは！」

吼《ほ》える怒声がフロアに響く。

「その自由をてめぇで売《う》っ払《ぱら》ったような奴が！　何もかも捨てていった奴が……！」

京平が前に腕を突き出した。

浮かび上がった《雷銃《トール》》の魔法陣に、志藤は目を見開いた。

「おい、少し加減ってものを……！」

「今更でしゃばってんじゃねぇよッ！」

極大の稲妻が、幾条も折り重なりながら空を貫いた。志藤は手をかざして、前方に六角形の小片の集合体である障壁――《アルウス》を展開する。ほぼ同時に、稲妻が障壁にぶち当たった。

「志藤！」

アムリタの悲鳴じみた声が響く。轟音が辺りを震わせ、志藤の眼前、障壁の向こうで青白い光が激しく瞬いた。

障壁が軋《きし》む。京平の《雷銃《トール》》を耐えきるには、出力が足りていないのだ。

「くそ！」

志藤は障壁を維持しながら別の魔法陣を空中に描いた。《雷銃《トール》》だった。同時に《パラベラム》を纏う。

障壁がついに砕け散った瞬間に《雷銃《トール》》を発動、稲妻同士がかち合い、眩《まばゆ》い閃光となって弾ける。

「ぐう……！」

相殺《そうさい》しきれず、稲妻の余波が全身を叩いた。押し負けたのだ。《パラベラム》は電撃こそ通さなかったものの、体の表面で爆竹がいくつも爆ぜたような衝撃に志藤は身を強張《こわば》らせる。

「どうしたよ、志藤！」

閃光が止み、舞い上がった埃《ほこり》が風に流された。京平は先ほどと同じ場所に佇《たたず》んだままだったが、僅かに腰を沈めていた。

（闘《や》る気ってわけか……）

「この程度も防ぎきれねぇのか、あぁ⁉」

案の定、京平は床を蹴って飛び出した。既に強化魔法を纏っている。

志藤は素早く屈み込んで水田の腕を掴んだ。《パラベラム》の出力が低いためずっしりと重く感じたが、持ち上げられないことはなかった。

「アムリタ、こいつを頼む！」

「え？　――は、はい！」

志藤は水田を放り投げると、顔の前で腕を交差させた。目の前に迫っていた京平が、拳を繰り出す。

「うらぁッ！」

重い衝撃が志藤を弾き飛ばした。ピンボールの玉のように豪速でフロアを突っ切り、背中から鉄骨に叩きつけられる。

「がはっ！」

鉄骨が重く響く音を鳴らす。跳ね返った志藤は息を詰まらせながらも、なんとか両足で床に降り立った。《パラベラム》全体にノイズが現れていた。

「志藤！」

駆け寄ってこようとするアムリタには、その場に留まるよう身振りで示した。アムリタの横には、彼女の兵装の一つである、白く輝くワイヤーネットによって拘束された水田が横たわっている。水田のそばで心配そうに屈み込んでいるのは香里だ。

雪近も消耗した様子で座り込んだままだった。

（まずいな……）

「なにをしょぼい戦い方してんだ！」

京平が吼《ほ》え、突き出した腕の先に魔法陣を灯す。魔法陣が矢継ぎ早に吐き出したのは、赤く輝く光の帯だった。

幾条もの帯が放射状に広がったかと思うと、空中で弧を描いて志藤に向かってくる。爆発性の光線《レッドベルベット》。

「薬を吸う暇くらいくれよ……」

光の帯を掻《か》い潜《くぐ》ってこの場を離れ、一度壁の影かどこかに身を隠す——そのつもりで、志藤は高出力で《パラベラム》を再起動。だが——

「————ッ！」

途端、両の肺を炎の手で握りつぶされたかのように、息が詰まった。内側から焼き尽くされそうなほど胸の奥が熱くなる。

（くそ、もうかよ！）

志藤は肋骨《ろっこつ》の上の肉を掴んだ。連日、魔法を使いすぎているせいだろう。薬を服用する頻度が劇的に増えたせいで、効き目が薄れてきているのだ。

志藤はそれでも吸入器に手を伸ばした。だがその時には、赤熱の光線が頭上に迫っていた。避けられない。それどころか動けもしない。両腕で頭部を庇《かば》うのが精一杯だった。

爆炎の花が、志藤の全身に咲き乱れた。

「ぐぅう……！」

衝撃が身体を貫き、爆音が耳を聾《ろう》する。幸運だったのは、意図したほどの出力を実現できてはいなかったものの、《パラベラム》がちゃんと起動してくれていたことだ。

（それでも効くぜ、ちくしょう。ついでに京平の性格からいって……）

ふらつく足でどうにか踏ん張り、顔を上げると、目の前には京平が迫っていた。

「まだ終わりじゃねぇぞ、志藤！」

「だと思ったよ」

志藤が唇の端を上げたのは、強がり以外の何物でもなかった。次の瞬間、京平の拳が志藤の腹に突き刺さった。

両足が床を離れ、すぐ後ろの鉄骨に再び打ち付けられる。鉄骨が軋みを上げて折れ曲がった。

「ぐ……が……っ」

京平はしばらく拳で志藤を支えていたが、やがてその腕を引いた。今度ばかりは立っていられそうにない。倒れるしかない――そう志藤は思ったが、違った。

倒れかけた志藤の襟首《えりくび》を、京平が摑む。

そのまま持ち上げられ、宙吊りにされる。

「志藤……！」

京平が志藤の胸に垂れ下った吸入器に視線を注ぎ、忌々《いまいま》しげに舌打ちする。と、

「その手を放しなさい！」

アムリタの声に、志藤は閉じていた瞼《まぶた》をわずかに開いた。

雪近たちのもとから数歩離れたアムリタが、京平を睨んでいる。その腕や腰を装甲が覆い、二連装の銃身やビームライフルといった兵装を展開している。臨戦態勢《りんせんたいせい》だ。

しかし京平は背後を一瞥《いちべつ》することすらしなかった。アムリタが声を張る。

「聞こえませんでしたか？　今すぐ志藤から離れろと言ったんです！」

「や、めろ……アムリタ……」

「バカを言わないでください！　志藤は戦えません！　私が――」

「うるせぇ！」

京平の一喝に、アムリタが肩を震わせた。しかしすぐに気を取り直し、京平の背中を睨む。

「もう一度言います。そんなに戦いたいのなら、この麟子鳳雛《りんしほうすう》の魔法生物《ホムンクルス》アムリタが相手になってやります。今の志藤は少々、身体が――」

「知ってんだよ、そんなことはッ！」

志藤は宙づりにされたまま眉根を寄せた。

「ど、どういう……」

「久々に九十九庵《つくもあん》に電話した。宮子の奴がいたよ。あいつに全部聞いた。あんたの身体のことも、あの夜に起きたことも、アキラのことも全部な」

なるほど、と志藤は胸中で唸《うな》った。志藤が話したことを、宮子が京平に隠す理由は何もない。志藤とて、京平の居場所や現状を彼女から聞いているのだ。

「これが今のあんたなのか。宮子には大したことないとか言ったそうだが、一体どこがだ？」

そう。宮子には確かに、呪いのことを正確には伝えなかった。少し前に保安室の手伝いをしたときに負ったもので、もう治りかけだと嘘を吐いたのだ。

「こんな体《てい》たらくで、さっきはよくもまぁ、俺を挑発出来たもんだぜ」

京平がギリ、と奥歯を噛む。

「本当に、これがあの桜田《さくらだ》志藤なのか。俺相手に手も足も出ないような男が。なんて……ちくしょう、なんて様《ざま》だよッ！」

京平は烈火《れっか》のごとく怒《いか》っていた。ひどく傷ついているようにも見えた。

「京、平……」

「これでよく分かった。あんたには無理だ」

「なに……？」

「今のあんたに何ができる？　保安室なんてもんを頼るしかないあんたに」

「俺は――」

「アキラを見つけ出す？　ケリを付けるだと？　笑わせんな。あんたに出来ることは何もねぇ」

志藤は思わず押し黙った。京平がすぐに、言葉を続けた。

「だから俺がやる」

「…………」

「俺があいつに——アキラにけじめを付けさせてやる。あの日何があったか分かった以上、このまま引き下がってたまるもんかよ」

（そうか。水田を連れていきたがったのも、そのせいか）

志藤は浅く弱い呼吸を繰り返しながら得心《とくしん》する。《黒爪団《ブラックネイル》》の敵討ちのためばかりではない。今や京平にとっても、水田はアキラに繋がる手がかりになっていたのだ。

京平自身でキツイ一発をお見舞いしたのだから、あとは志藤たちに——保安室に引き渡すことで《黒爪団《ブラックネイル》》襲撃の件は決着がついたはず。それを良しとしないことには、志藤も違和感を覚えていたのだ。

「宮子はもうクランと関わるのをやめたし、咲耶《さくや》のアホはどこでどうしてるか分からねぇ。あんたに至っては話にもならない。アキラを追えるのは俺だけだ」

「…………」

「改めていうぜ、志藤。——でしゃばるな。あんたはもう昔のあんたじゃねぇんだ」

確かに昔のままではない。志藤だけでなく。全てが。

何もかもが変わってしまって、もう元には戻らない。

（それは分かってる）

それでも——

志藤は京平の手首を摑んだ。京平が吸入器の紐ごと襟首を締め上げているせいで、薬は一向に吸えていない。おかげで肺は本当に発火《はっか》するのではないかと思えるほど熱く、逆に顔色は蒼白《そうはく》に近いまでになっていた。

しかし志藤は、吊り上げられたまま京平に向かって微笑してみせた。

「随分立派なことを言うようになったじゃないか、《ワイズクラック》最強の男」

京平は一瞬驚いたように眉を上げ、それから忌々《いまいま》しげに志藤を睨んだ。摑んだ襟元をさらに締め上げる。

「ぐ……！」

「まだ殴られ足りねぇのか、志藤」

当時傘下のクランが用いていた京平のその呼び名を、《ワイズ》のメンバーも面白がってよく使っていた。「おい最強の男、醤油《しょうゆ》取って」などがいい例だ。要するにからかう際の常套句《じょうとうく》だったのだ。

とは言え、その呼び名は見当外れというわけではない。京平は強い。十分に。ここまでまるで本気を出していないのがいい証拠だ。

「いや……俺に手加減なんて、いい身分になったもんだと思ってな……」

「あんたが弱くなっただけだろうが！」

「だとしても、アキラのことは俺の役目だ。俺の責任だ。お前がやることじゃない」

「この……っ」

京平が突然振り返った。

「バカ野郎が！」

大きく踏み込み、オーバースローで志藤をぶん投げる。

「し、志藤！」

志藤は何ら抵抗も出来ずに空中を滑り、床に叩きつけられた。アムリタが慌てて飛び出す。

が——

「邪魔すんじゃねぇ！」

「きゃあ！」

「な……！」

京平が腕を振り払うと同時、志藤とアムリタの間に炎の壁が噴き上がった。アムリタが顔を背《そむ》けている間に炎は燃え広がり、少女たちや水田が一塊になった大黒柱の周りを、円状に取り囲む。

「小癪《こしゃく》なマネをするヤツですね！　大丈夫ですか、志藤!?　こんなものすぐに——」

「待って、アムリタ！」

雪近の声に、炎の壁に映ったアムリタの影が手を掲げたまま「え？」と動きを止める。

制止の意味を説明したのは京平だった。

「そいつぁカウンター障壁の一種だ。丸焦げになりたくなけりゃ、保安官の小娘の言う通り、大人しくしてるんだな」

「むぅ。ふざけたことを……！」

「っていうか誰が小娘よ！　あんた私と同い年だからね！」

炎は今や数メートルの高さに達し、逆さまの竜巻のように、歪《いびつ》な円錐《えんすい》を形作っていた。ただし周囲のどこにも焦げ跡はなく、煙も上がっていない。《炎の岩孔《ダルヴァザ》》は、衝撃さえ与えなければ何ら害にならない魔法なのだ。

「京平の言う通りだ。二人とも、その障壁には手を出すな」

薬を吸いながら、志藤はゆっくりと立ち上がる。肺の熱は全身に広がり、身体がひどくだるく感じた。視界はかすみ始めている。

（くそ……）

「なら……逃げてください、志藤！　あとは私たちが引き受けますので！」

「だとよ」

苦々しい表情で呟きながら、京平が折れ曲がった鉄骨のもとを離れた。

「哀《あわ》れなもんだぜ、志藤。あんなことを、あんな変なガキに言われなきゃならねぇなんてな」

「よく聞こえませんでしたが、悪口を言われた気配がします！」

「それでもあんたのことだ、アキラの件を諦《あきら》めたりはしねぇんだろ?」

「ああ。俺以外の、誰にやらせるつもりもない……」

「今のあんたは、出来もしねぇことを偉そうに語るクソ野郎だ。見るに堪《た》えねぇ。まだ醜態《しゅうたい》を晒《さら》すつもりだってんなら……――俺があんたに引導を渡してやる」

まだ距離のある位置で立ち止まると、京平は顔の前で腕を交差させた。淡い光の粒がその腕にまとわりついたかと思うと、光子が収束して鈍色《にびいろ》の大きな手甲へと姿を変える。

「く……っ!」

志藤が、瞳に焦《あせ》りを滲《にじ》ませた。

光の粒が、今度は京平の全身を包むように寄せ集まる。京平が両の腕を振り下ろすと同時、光子が弾けた。

「マナフレーム展開! ――【獄炎獣《フィアベスティア》】!」

現れたのは、炎を噴き上げる鈍色の人影。

「全身鎧《フルアーマー》のマナフレーム……相変わらずド派手だな」

どちらかといえば西洋の甲冑に似ているが、鋭く尖った指先やつま先はいかにも凶悪そうだ。どのパーツも重々しいが、特に肩のパーツや首回りと一体化した胸当ては、アンバランスなほど分厚い。

鈍重そうにさえ見えるが、そんな印象を全て吹き飛ばすようなインパクトを放っているのが、鎧の関節部から噴き出す紅蓮《ぐれん》の炎だった。肘や膝はもちろん、肩や指の関節、腰回りからも炎の赤い舌が覗いている。頭部に至っては、顔を覆う面以外、怒髪《どはつ》の如く逆立った炎に包まれている始末だ。

まるで京平自身が生ける炎と化して、鎧を纏ったかのような姿だった。

京平が体の前で拳を握る。勢いを増した炎が、鋼拳《こうけん》を呑み込んだ。

「覚悟はいいな、志藤」

∴　∵　∴　∵

レジカウンターに頬杖を突き、宮子はぼんやりと虚空《こくう》を見つめていた。九十九庵の店内に客はなく、抱き枕カバーを貼り付けられた壊れた戸の向こうから、ジャンク通りの賑わいだけが届いてくる。

「どうしたの、宮子ちゃん」

不意に声をかけられ、宮子ははっと背筋を伸ばした。視線を転じると、バックヤードから若《わか》菜《な》が顔を覗かせていた。

「珍しくぼーっとしちゃって」

「あ、いいえ」

「二人のことが気になる？　志藤ちゃんと京くんのこと」

「そ、そういうわけじゃ……」

「またケンカになってないといいけど。ほら、あの二人よくケンカしてたでしょ？」

若菜が頬に手を当て、ため息を一つ吐いた。宮子が苦笑する。

「ケンカというか、そういう遊びだったというか。でも、今日は本当のケンカになってるかもしれませんね……」

宮子は瞳を伏せ、若菜から視線を外した。

「あいつが一番、志藤を恨《うら》んでましたから。本人は否定するでしょうけど、京平にとって志藤は目標みたいなものでしたし……その分、裏切られたって気持ちは強いと思います」

「裏切られたって言っても……それは――」

アキラが裏切ったのであって、志藤ではない――と言いたいのだろう。若菜にも事の経緯《けいい》はすでに説明してある。

宮子は頭を振る。

「違うんです。そのことじゃないんです。京平が――いえ、私たちが思ったのは……志藤は、どうして……」

宮子の言葉は尻すぼみに小さくなり、ついに途切れた。

若菜が困った顔をしているのにも気づかず、宮子は再び頬杖を突き、憂いを帯びた瞳で虚空を見つめた。

京平の【獄炎獣《フィアベスティア》】は《パラベラム》の超強化版と捉えて差し支えない。共に攻・防・機動力を同時に実現する。ただしパフォーマンスは段違いで、【獄炎獣《フィアベスティア》】のもたらす力は《パラベラム》の理論上の最大出力をも大きく凌《しの》いでいた。

単純明快にして圧倒的な力の塊——それが京平のマナフレームなのだ。

「もう限界って顔してるぜ、志藤。その薬もろくに効いてねぇらしいな」

図星をさされて、志藤は疲弊した苦笑を浮かべてみせた。

（まともな出力の魔法が使えるのは、せいぜいあと数回ってとこか……）

魔法は慎重に選ぶ必要がある。志藤は軽く両手を開いた。

「マナフレーム展開」

生じた光子の群れが棒状に伸び、左右の手の中で二振りの小太刀《こだち》——【雅月風紋《がげつふうもん》】として結実する。

「やる気ってわけかよ。クソが」

京平が鋭く舌打ちした。それからアムリタや雪近を封じ込めた《ダルヴァザ》を一瞥《いちべつ》する。

「ぶっ倒す前に一つだけ聞いておく。——どうして保安室だったんだ」

「なんのことだ」

「『アキラのことは俺の役目』だと、宮子にも言ったらしいな。──なんでだ？　本気でアキラを探すつもりなら、ケリをつけるつもりなら……なんで手を貸せって頼まなかった」

「それも宮子に言ったよ」

「それも宮子から聞いたさ。巻き込みたくねぇとかなんとか、クソみてぇな戯言《ざれごと》をな。その上さっきのあの野郎が《ワイズクラック》を狙わなきゃ、一年前のことを教えに来るつもりもなかったんだろ」

「本当なら、アキラに利用されるのは俺《おれ》だ《たち》けでよかったはずなんだ。《ワイズ》なんてなければ。俺がみんなを誘ったりしなければ……それで済んだはずなんだ」

志藤をクランに誘ったのがアキラだとしても、他の仲間を《ワイズクラック》に引き入れたのは、実のところ志藤だ。

アキラの道具でしかなかったクランに。

「だから、俺一人でやるべきだ」

「できてねぇだろうが！」

怒気《どき》を孕《はら》んだ叫びと共に、京平が手をかざした。魔法陣が虚空に張り付き、ギロチンのような真紅の刃──《爆斧《トマホーク》》を吐き出す。

「く……！」

志藤は横に飛んで《爆斧《トマホーク》》をかわした。空を切り裂いた刃は後方で作りかけの壁にぶち当たり、轟音《ごうおん》と共に爆炎をまき散らした。

「なんで保安室なんだ⁉　今も、あの時も！　どうして……」

爆発の余韻《よいん》が収まるのを待たず、京平が面の奥から苦々しい声を絞《しぼ》る。

「どうして《ワイズクラック》《おれたち》じゃなかった……！」

「保安室はそれが仕事だから、だろうな。あんなことになれば、保安室は否が応でもパンドラ事件に関わらざるを得ない。俺みたいな間抜けの、後始末をしなきゃならない。――でもお前たちはそうじゃない」

「だからなんだ」

「関わらないで済むなら、それが一番いいんだ。あの時も、今も……アキラを追うことは、お前や宮子のためにはならない」

「だからなんだ」

「俺以外の、誰のためにもならない」

「だからなんだっつってんだよ！」

志藤が奥歯を噛んで押し黙る。京平はなおも続けた。

「それでよかったんだ！　それで充分だったんだ、俺たちには！　アキラのことは、そりゃ教えられれば驚くに決まってる！　ショックに決まってる！　でもあんたが手を貸せって言えば、みんなであいつをぶん殴りに行ってやろうって言えば、俺たちは――」

「分かってんだよそんなことはッ！」

張り上げた志藤の声が、京平の言葉を遮る。

「分かってんだ！　だから言わなかったんだ、だから保安室に行ったんだ！　これ以上、俺なんかのやることに巻き込まれようとしてんじゃねぇよ！」

「ふざけんなクソ野郎が！」

京平が地面を蹴った。【獄炎獣《フィアベスティア》】の炎が一際強く噴き上がり、その巨軀《きょく》を砲弾のように撃ち出す。

次の瞬間には、京平は志藤の目の前に迫っていた。何の工夫もない右ストレートが放たれる。

【獄炎獣《フィアベスティア》】のもっとも恐ろしいところは、何をおいてもその膂力《りょりょく》――ただのパンチやキックが、高火力攻撃魔法をも凌駕《りょうが》する一撃となり得ることだ。そのため、並大抵の魔法使いが【獄炎獣《フィアベスティア》】を纏った京平と近接戦闘になれば、もはや間合いから逃げることに全力を尽くすしかない。たとえ全ての力を防御に回し、数ある障壁のどれを選んだとしても、京平はそれを容易にぶち抜くだろうからだ。

だが、志藤は逃げなかった。

拳を待ち構えるように、右の小太刀を真一文字《まいちもんじ》に突き出す。甲冑の隙間から炎を噴き出す剛拳に対し、小太刀の刃はいかにも脆弱《ぜいじゃく》に見えた。しかし――

硬質な音を響かせ、小太刀が鈍色の拳を受け止めた。

正確に言えば刀身の纏う《アルウス》が、だ。玉鋼《たまはがね》の刀身からは、溢れるように六角形の小片がはみ出していた。

（なんとかなったか？　いや——）

二振りの小太刀【雅月風紋】の特性は、発動した魔法を『纏う』ことだ。その出力の全てが刀身に凝縮されるため、射程や効果範囲は大幅に犠牲になるものの、結果的に威力は上がる。

だがそれでも、【獄炎獣《フィアベスティア》】の拳を防ぎきるには足りなかった。

刀身に亀裂《きれつ》が走り、小太刀が右手から消え失せる。同時、志藤は踏み込んだ。

「おぉおおおお！」

力を振り絞るように、左の小太刀に《雷銃《トール》》を纏わせる。

繰り出した刺突が甲冑の胸部に届く——その前に、京平が無造作に小太刀の刀身を掴んだ。

「なッ!?」

甲冑に包まれた手の中で、稲光が激しく瞬く。しかしそれだけだ。【獄炎獣《フィアベスティア》】の手甲には亀裂一つ入らなかった。纏わせた《雷銃《トール》》自体の出力が、あまりに低かったのだ。

「く……！」

「なんかじゃねぇ」

「なに？」

京平の呟きに志藤は顔を上げた。

京平が弾くように小太刀を振り払う。志藤が体勢を崩すと同時、返す刀で掌底《しょうてい》を繰り出す。

「俺たちにとって、あんたがなんかだったことなんて一度もねぇ！」

「――――ッ！」

みぞおちの辺りを叩かれ、志藤は息を詰まらせた。数メートルを吹っ飛ばされ、しかし倒れず、片手片膝をついて着地――そのまま床の上を滑るように後退する。

ようやく止まった時、志藤はみぞおちを抑えて俯いていた。

手加減されたのだろう。掌底自体は大したダメージではなかった。

しかし立ち上がれなかった。

「京平……くそ、てめぇ……！」

何でもいいから、何か言おうとした。言い返そうと。だが、胸中には様々な感情が濁流のように暴れているというのに、何も言えない。

言葉にならない。

「アキラがどういうつもりだったかなんて、知ったことかよ。俺は《ワイズクラック》に入ったわけじゃない。桜田志藤《あんた》のいるクランに入ったんだ。宮子も、咲耶も――」

「やめろ……！」

志藤は膝をついたまま顔を上げた。浅く苦しげな呼吸を繰り返しながらも、鋭い視線で京平を射抜く。

「結局のところ、俺はそんな上等な人間じゃなかったってことだ。忘れろよ。俺みたいな間抜けのことは。お前が桜田志藤《おれ》だと思っていた男のことは」

アムリタとはある部分で、目的が重複している。彼女もまたパンドラ事件を、アキラを追わなければならない立場にあり、契約を交わした魔法生物《ホムンクルス》と主であるという点においても志藤とは運命共同体とならざるを得ない。

だが《ワイズ》のみんなは違うのだ。

魔法を使う才能がなくても生きていくのに支障はないが、大いなるギフトであることもまた事実だ。しかし深く関われば志藤と同じように、その才を失ってしまうかもしれない。

それだけは、あってはならない。

「お前たちの手は借りない。宮子は納得してたぞ？　あいつは今じゃ魔法学園の生徒だ。関わらないのが得策だって、ちゃんと分かってる」

「どうだかな」

「お前には《黒爪団《ブラックネイル》》がいる。今じゃ新宿は激戦区なんだろ？　お前が付いていてやらなくてどうする」

「あいつらの面倒は見る。アキラも探し出す。両方やる」

「それじゃああのクランまで巻き込まれかねない」

「俺が守ればいい」

「京平、またお前は……」

「五歳のガキみたいだって？」

「そうだ。無理なものは無理だと、分かるべきだ」

「その言葉はそっくりそのままあんたに返すぜ、志藤」

吐き捨てるように言って、京平が手をかざす。

「今の自分を見てみろよ。もう立ち上がれもしねぇじゃねーか」

「………ッ」

「そんな身体でアキラとやり合うなんざ自殺行為だ。あいつを舐めてるとしか思えねぇ。そうだろ、志藤。自分でも分かってるはずだ」

虚空に魔法陣が浮かび上がる。

「あんたはここで引退《リタイア》だ。これからは、てめぇの身体をどうにかすることにだけ専念するんだな」

「く……！」

「じゃあな、志ど――」

と、

「そうはいきません！」

アムリタの声に志藤は弾かれたように視線を転じた。

アムリタの姿は相変わらず《ダルヴァザ》の奥に消えている。が、その円錐形の障壁が突然内側に向かってひしゃげ、直後に爆発した。

「な……！　ア、アムリタ！　ユキチ！」

「心配無用です！」

爆炎を突き破って飛び出してきたアムリタは、背中に翼を生やし、両腕や腰回りにブルーメタリックの装甲を展開していた。全身がぼんやりと発光して見えるのは、防護膜を張っているせいだろう。

低空を滑るように飛行し、志藤と京平の間に躍り出るアムリタ。京平に向かって片腕を突き出す。その腕に寄り添うように、武骨《ぶこつ》な回転式機関銃《ガトリングガン》が出現する。

「喰らいなさい！」

機関銃が文字通り火を噴いた。嵐のような光弾の群れが京平を急襲する。

京平は舌打ちして魔法を中断——顔の前で両腕を交差した。甲冑の表面で激しく火花が散る。

だが光弾は甲冑を貫けず、京平を一歩後退させることすらできなかった。

「小癪《こしゃく》な。——これならどうです！」

今度は腰の辺りに、角ばった長い砲身が現れた。

ガキン、と金属質の音を響かせ、砲身が縦に割れる。生じた溝に青白い輝きが溢れた。

「こいつ……！」

「ぶち抜きます！」

さすがに危険と判断したようで、京平が横に身を投げた。

砲身が一直線に光線を吐き出す。光線は虚空を突き抜け、折れ曲がった鉄骨に直撃。土に水が染み込むように鉄骨に吸収されたかと思うと、次の瞬間派手に炸裂した。

千切れた鉄骨が倒れ、コンクリートを叩く。《ダルヴァザ》のあった辺り、もうもうと立ち上る煙の向こうから雪近の声が響いた。

「ちょっとアムリタ、今の音なんなの⁉ ここが市街地ってこと忘れないでよね！」

「そんなことを言っている場合ですか！」

「どんな場合でも言うに決まってるじゃない！」

京平が床を転がり、膝立ちに体勢を立て直す。その間にアムリタは志藤のもとに飛んできた。

志藤は雪近たちがいるはずの鉄骨の方に、困惑した視線を向けているところだった。煙に包まれ、残りの三人がどうなっているのかは分からない。

「お、おい、他のみんなは……！」

翼を展開したまま、アムリタが志藤の傍らに降り立つ。

「それは大丈夫です。さぁ、逃げますよ」

「無茶だ。俺も含めて、荷物が多すぎる。それより――」

「いいから行くんです！」

志藤の言葉を一蹴して、アムリタは彼の腕を自分の肩に回させた。背中のメカニカルな翼が、金属音を響かせて広がる。

アムリタが雪近たちの方へ飛び出すのと、立ち上がった京平が床を蹴るのは同時だった。

「行かせるかよクソガキが!」

「こっちのセリフよ!」

雪近の声が響き、光線がフロアを貫いた。


「ゆ、雪近さん。なんでそんなに魔法が使えて……さっき水田くんに……」

背後から聞こえた香里の声に、雪近は京平を見据えたまま肩を竦めた。

視界が悪いせいで狙いは甘かったが、光線は京平を捉えた。彼は弾き飛ばされて床を転がったが、予想通り大したダメージにはなっていないらしく、すぐに体勢を立て直した。そのマナフレームにも目に見えて分かるような傷はないようだ。

「私、もともとマナの回復が早い方なんだ。保安室の研究員の人によると、平均の四、五十倍くらい? 空っぽになるくらい高出力魔法連発しても、二時間あれば八割がたは戻るかな。体調とかにもよるけど」

「ご、ごじゅう……ですか」

「特異体質ってやつでね? だから心配しないで。——《位相差間隙《ポシェット》》」

呟きと共に雪近の足元に小ぶりの魔法陣が現れる。手をかざすと魔法陣からゆっくりと、白い棒が伸びてきた。摑んで引き抜く。保安官の代名詞である白杖《ホワイトワンド》だった。

「二人のことは絶対守るから」

「ありがとうございます。本当に凄いんですね、雪近さん。心強いです。とても」

ちなみにアムリタの脱出時に障壁のカウンターを防いだのも雪近だ。

アムリタもシールドの兵装は備えているようだが、全方向から浴びせられるカウンターに対応できるものではなかった。そのため雪近の回復を待つことになり、脱出が遅れたわけだ。

志藤を担いで飛んできたアムリタが、近くの床に降り立つ。

志藤は顔面蒼白で、既に瞳の焦点が合っていなかった。アムリタが手を放せば、倒れたまま起き上がれなさそうだ。

「志藤、無茶し過ぎ」

「まったくです。そしてユキチさん、今のはなかなかいいフォローですよ。褒《ほ》めてあげます」

「なんで物っ凄い上から目線なの⁉」

「とにかく逃げます。ユキチさんまで運ぶのは難しいですが、大丈夫ですか？」

「問題ないわ」

「いや、京平を甘く見ない方がいい。人通りの多いところに着く前にやられるぞ。俺がやるから……アムリタ、預けておいた薬を……」

「了承しかねます。これ以上無茶をさせるつもりは――」

「なめてんじゃねぇぞ、小娘ども！」

京平が叫ぶなり魔法陣を展開、爆発する刃の魔法──《爆斧《トマホーク》》を放った。術式の構築される気配を察していたのか、アムリタが振り向きざまに空いた手を突き出した。

「シールド！」

床から突き出した光の壁に刃がぶち当たり、炎の花と化す。

「逃げるってんなら……」

熱波が逆巻く中、鈍色の甲冑は壁を飛び越えて現れた。拳を振りかぶっている。

アムリタが愕然《がくぜん》と顔を上げる。

「しま──」

「そっちの水田《ガキ》を置いてきやがれ！」

「そうはいかないって言ってるでしょ！」

京平の狙いは誰でもなかった。拳に帯状の魔法陣が絡みついているところを見ると、空いた床に魔法を叩きつけ、衝撃波で全員を蹴散らそうという魂胆《こんたん》なのだろう。

雪近は素早く飛び出し、京平に向かって、やはり帯状の魔法陣を纏わせた白杖を繰り出した。

鋼拳と白杖がかち合う。激しい火花が瞬き、行き場を失った衝撃が噴き出すように左右に広がる。

「きゃあ！」

志藤に肩を貸していたアムリタが、あおりを受けて体勢を崩した。

雪近の靴底が少しだけ床を後退する。飛んできた勢いと重力とが拮抗《きっこう》し、京平の体躯《たいく》が僅《わず》かな間、空中で静止した。

「やるじゃねぇか、保安官」

「くう……！」

「ゆ、雪近さん！」

「来ちゃダメ！　私は大丈夫だから！」

背後から香里が駆け寄ってくる気配に、雪近は思わず叫んだ。同時に京平が床に降り立つ。

京平は一度距離を取るつもりでいるように見えたが、間に合わなかった。全ては一瞬の出来事だった。

「あ、いえ。別に心配とかはしてないです」

妙に気軽な、嘲《あざけ》っているようにさえ思える香里の声が聞こえた刹那《せつな》――

雪近の胸元から黒く太い棘《とげ》が生えた。鋭く伸びる棘は細身の槍のように、そのまま京平の甲冑をも貫く。

「え……」

「な、に……⁉」

雪近は呆然と棘を見下ろした。淡い輝きが溢れ、棘に吸い込まれていく。

それは覚えのある感覚——つい先ほど味わったばかりの、マナを奪われる感覚だった。

その時、体勢を崩した拍子に床に倒れた志藤の傍らで、アムリタは屈み込んでいた。志藤もまだ意識は保っていて、茫洋《ぼうよう》とした視線を香里に投げている。

「香里さん？　それは、まさか……」

雪近の背後に佇む香里が腕を引くと、棘が彼女の手元に戻った。棘はいつの間にか香里の肘までを包んでいた漆黒の手袋の、指の部分が伸びたものだった。

ふらついたかと思うと、雪近の脚から力が抜けた。香里が腕を伸ばして彼女を抱きとめる。

「——っと。さすがに二回は辛かったかな？」

「ユキチさん！」

呼びかけるも、雪近は瞼を閉じてぐったりと香里にもたれかかったままだ。どうやら気を失っているらしい。

「クソ女……なんだ、今のは……！」

京平もまた無事ではないようで、その身を包んでいた甲冑が、虚空に溶けるように掻き消えた。棘に貫かれた胸部を抑えて呻《うめ》く。

「俺の【獄炎獣《フィアベスティア》】を……！」

「あは。ザコがほとんどって言っても、数十人分のマナを集めたんだから。そのくらいの力が出せなきゃ困るに決まってるよー。でもまだ立ってるあたり、さすが元《ワイズクラック》だよね。じゃあ……」

香里の口元に、薄い笑みが浮かぶ。

「やっちゃえ、水田くん」

香里が水田に向かって、雪近を支える方とは反対、やはり手袋に包まれた腕を一閃した。刃のように伸びた指がワイヤーネットを断ち切る。既に手はずは整っていたようで、自由になるなり水田が飛び出した。香里の横を駆け抜けながら両腕を突き出す。

「うがぁあああああッ！」

鎧はところどころに亀裂が走り、面も一部剝がれ落ちていたが、まだその力は健在だった。腕から爆発的な勢いで漆黒の枝が伸びる。

京平は飛び退こうとして、しかし体勢を崩しただけだった。壁のように広がりながら迫る枝を、避けようもなかった。

「がッ！」

黒い枝に全身を貫かれ、京平の身体が宙に持ち上げられる。枝に刺された個所から、淡い光が漏れ出す。

「ぐぁあああああッ！」

「か、香里さん！　一体何のつもりなのです！」

「邪魔ですよ」

香里の指がこちらを向いたのを見て、アムリタはしがみつくように志藤の身体を摑んだ。翼を広げて飛び上がる。

空中に逃れたアムリタたちのすぐ下を、数本の棘が突き抜けた。

そのまま距離を取り、再び床に降り立つアムリタ。腕の中で志藤が呻いた。

「くそ……アムリタ、二人を……」

「分かっています！」

アムリタは京平を捕える枝に向かって拳を掲げた。姿を消していた機関銃が再び展開する。

「仕方ないので助けてあげます！」

銃身が高速で回転。銃口が火を噴いた。

青白い光弾の嵐が水田と京平の間を突き抜け、次々と枝を千切っていく。さらに——

「あなたもです、水田祐樹！」

「危ないよ、下がって水田くん」

腰に砲身が出現し、角ばった砲身が縦に開く。

全ての枝が折られ、京平が地面に落ちると同時に、水田も後ろへ跳んだ。アムリタの砲身から放たれた光線が何もない虚空を貫いて、造りかけの壁を吹き飛ばした。

アムリタが舌打ちし、水田は香里のすぐそばに降り立った。香里は意識のない雪近を苦もない様子で支えながら、水田に微笑んだ。

「どう？　水田くん」

「あ、ああ。こいつはやべぇ。あんだけへたばってたくせに、まだ相当なマナを残してやがった。さっきの保安官の分と合わせて、とんでもねぇ量を喰えたぜ。ははッ、これなら……もうクラックヘッドなんざ目じゃねぇ」

「そっか」

肩で息を吐く水田と、彼に微笑みかける香里。

アムリタは険しい顔で二人を睨んだ。

「始めからグルだったのですね？　病院に運び込まれたのも、水田の情報を保安室に与えたのもわざとですか？」

「当然だろ。保安室の動向を知るのと、《ワイズクラック》の連中が見つからなかった時の保険のためにな。保安官ってな優秀なんだろ？　いざとなったら香里の電話で誘い出して一網打《いちもうだ》尽《じん》にすれば、一気にマナが喰えるって寸法だ。まさか担当保安官が、たった一人になるとは思わなかったけどな」

「まんまと罠にはまってくれて良かったよね、水田くん」

「《ゲーティア》はどうなのです。どうして仲間を……」

「仲間？　遊びでクランを作っただけで、別に仲間だなんて思ったことねぇぜ」

「加納《かのう》くんがリーダー面《づら》してうざかったねー？」

水田の横で、香里がにっこりと笑った。病院ではあんなに不安そうな、ふさぎ込んだ様子であったのに、今は実に朗《ほが》らかだ。全部演技だったのだろう。

「本当に香里には感謝してるぜ。まさかこんなすげぇ魔法生物《ホムンクルス》を手に入れるなんてな」

「むぅ……ということは、契約しているのも……」

「あたしですよ？　じゃあ水田くん、魔法生物《ホムンクルス》も十分成長したみたいだし、最後の仕上げに……」

「おう。こいつら全員、ぶっ飛ばして――」

「水田くんのマナももらうね？」

え？　と水田が弾かれたように香里に顔を向けた、その瞬間――

「うわぁあああああああッ！」

水田が身をのけ反《ぞ》らせて悲鳴を上げた。全身から溢れた淡い輝きが、見る見る鎧に吸われていく。

アムリタが愕然と目を見開く。

「ま、待ってください、これは一体⁉」

「か、香里……そ、んな……」

身体からふっと力が抜け、水田はその場に倒れ込んだ。

「なんだ。もう限界なの？　やっぱり――」

香里がにこにこと微笑みながら片足を上げ、鎧に包まれた水田の背中を踏みつけた。

「カスだよね、水田くんって」

「ぐ……う……」

「返してもらうね、私の魔法生物《ホムンクルス》」

鎧が蠢《うごめ》き、形を崩して、逆流するコールタールのように香里の足を這《は》い上がり始めた。あっという間に全身を包んだかと思うと——魔法生物《ホムンクルス》は刺々しく禍々《まがまが》しいデザインの、漆黒のドレスへとその姿を変えた。

「うん。確かにすごく強くなってる。これなら……」

「か、香里……な、なんで……」

「うーん、なんでって言われてもなぁ」

香里は顎先に人差し指を添え、困ったように苦笑した。

「私の言ったこと真に受けてクラックヘッドを目指すなんて、さすがに笑っちゃうよ、水田くん。水田くんならなれるよって自分でおだてておいてなんだけど、よく信じたよね。びっくり。その気になってる水田くんには、とってもイライラしたよ?」

「香里……ぐっ！」

香里がつま先を水田の身体の下に差し入れ、彼の身体をひっくり返した。今度は腹に、魔法生物《ホムンクルス》によって形作られた長靴の底を叩き込む。

香里は明るく笑った。

「お前なんかが、クラックヘッドになれるわけねーから」

「そんな……俺、お前のために……お前が、もう一度クラックヘッドみたいな強い奴に会いたいって、言うから……」

「そんなの嘘に決まってるよ。あたしは会いたいんじゃない。なりたいの。——最強の魔法使いに。誰もがひれ伏《ふ》す、絶対の存在に」

「香里……」

「あたしのためとか、カスのくせに恩着せがましいんだよ」

一瞬真顔になったかと思うと、香里はサッカーボールか何かのように水田を蹴りつけた。水田が短い悲鳴を上げ、アムリタと志藤の近くまで転がってくる。

「や、やめなさい！」

「でも、私もう怒ってないよ、水田くん。あたしの言う通り動いて、魔法生物《ホムンクルス》を成長させてくれたから、今回はチャラにしてあげる。橘《たちばな》宮子で失敗した時にはホント使えないなって思ったけど、一応用済みになるまで働いてくれたから」

初めから本当の目的を明かさなかったのは、当然、水田が彼女に好意を抱いているからだ。香里自身それに気づいていて、利用することにしたわけだ。

「どストレートに人間のクズですね、この女」

志藤の身体を支えながら、アムリタは顔をしかめた。志藤はなんとか膝立ちの体勢でいるが、呼吸をするのさえ辛そうだった。

水田もうめき声を上げるばかりだし、京平に至ってはすでに意識がない。さらに——

（ユキチさん……！）

雪近は先ほどからずっと、香里の腕に抱かれたままだ。

「いい加減、ユキチさんを放しなさい！」

「え？　いやですけど？」

アムリタの怒声に、香里は首を傾げただけだった。

「だって、この人凄いんだよ？　ただでさえバカみたいにマナ持ってるのに、それが超速で回復するんだから。永久機関かっつーの。でもってそれって、あたしの魔法生物《ホムンクルス》にぴったりだと思うんだよね」

「どういう意味です」

「あたしの魔法生物《ホムンクルス》の力は、他人のマナを奪って成長するだけじゃないから。この人は計画を実行するための、いい保険になるかなって」

「計画？」

「うん、そう。なんだと思う？　聞きたい？」

にんまりと微笑する香里。アムリタは苛立たしげに少女を睨んだが、香里が気にする様子はなかった。アムリタが黙っていると、香里が勝手に、かつ得意げに言葉を続けた。

「パンドラ事件の再現」

「な……！」

「ねぇ知ってる？　パンドラ事件でクラックヘッドがやろうとしてたのって、龍脈からマナを吸い上げることなんだよ？　魔法総局にしかできないことを一個人でやろうとした。ま、失敗したらしいけどね。でもあたしは成功させる。そのためには、凄い量のマナがいるの」

「まさか……」

香里が、意識なく自分にもたれかかる雪近を一瞥した。

「そゆこと。この人がいれば計画を実行するまでの時間を、ぐっと短縮できそうなんだよね」

「回復するなり、マナを搾り取ろうというわけですか……！」

アムリタは一度、志藤と視線をかわした。青白い顔に怒りを滲ませた志藤が、彼女の意を汲んで頷く。

志藤を支えていた手をそっと放し、アムリタは上空に飛び上った。

「そんなことは、私が許しません！　全部位兵装《フルアームズ》、展開！」

背中の翼が広がり、四肢や肩を装甲が覆う。

左腕には巨大な盾が備えられ、右腕の装甲からは光り輝く細身の刀身が突き出していた。腰の両側には二連装砲。体躯に比べて大ぶりな肩パーツにも、銃口と思われる穴が見えた。

アムリタが空中で右腕を一閃する。刀身の軌跡に光の粒子が躍った。

「いきます！」

アムリタは香里に向かって弾丸のように飛び出し、盾を備えた左腕を掲げた。手のひらから放たれた光球が香里の手前で弾け、蜘蛛の巣のように広がる。

「そんなに睨まなくてもいいのに」

香里が開いた手で空を薙ぎ払う。手袋の指が伸び、鋭い刃のようにワイヤーネットを切り裂いた。

アムリタは歯噛みしたが、速度は落とさなかった。巨大な盾を身体の前に構える。

「盾での突撃《シールドチャージ》ね。雪近さん捕まえてるんだから、あんまり危険な攻撃《マネ》できないのは当然だけど……それじゃあ遅すぎるかな」

魔法生物《ホムンクルス》のドレスが強化スーツとして機能しているのだろう。香里は軽やかに飛び上がってアムリタの突撃をかわした。

「もとより避けられるのは織り込み済みです！　ですが、これならどうです！」

アムリタは素早く振り向き、空中に逃れた香里の背中に向かって腕を突き出した。急減速しながら、ワイヤーネットの光球を矢継ぎ早に撃ち出す。

空中に跳んだ以上自由に動くこともできず、しかも片腕が雪近を支えるために塞がっている状態。全てのネットを撃ち落せるはずがない。が――

「だから甘いって」

「なッ⁉」

嘲《あざけ》るようなつぶやきと共に、香里が滑るように宙を旋回した。光のネットが何もない空間で広がり、次々折り重なって、最後にはしぼんで落ちた。

「あなたも妙な魔法使うみたいだけど、あたしの方が上じゃない？」

香里が宙に浮かんだままアムリタを見下ろす。その背中には蝶《ちょう》を模したような漆黒の羽が現れていた。

「人質を取っておいて、大きな口を叩かないでください」

「あー、そうだったね。じゃあ、その人質を有効活用しないと。――こんな風に」

腕に抱いた雪近の首筋に、香里は人差し指を突き付けた。手袋の指先が鋭く尖る。

アムリタが奥歯を噛んだ。

「ただの脅《おど》しです。ユキチさんはあなたにとって重要なエネルギー源で――」

「重要なんて言った覚えはないよ。便利だとは思ったけど。だって……」

香里が腕を軽く振った。その動きに合わせて、黒い粒が胞子のように宙に舞う。

「こっちが本命だから」

漂う胞子が香里の周囲で渦を巻いた。胞子の数が見る見る増え、それにつれ渦が急速に拡大していき――まずアムリタを呑み込んだ。

逆巻く胞子がアムリタの身体を、ぶつかりもせず通り抜けていく。

「今度は何を――くうっ……こ、これは……!?」

「そ。この粒の一つひとつが、あたしの魔法生物《ホムンクルス》の一部。もちろんマナを吸い取るよ？」

アムリタは身体をくの字に折り、急いで防護膜《ぼうごまく》を展開した。マナを抉り取られる感覚が、ふっと掻き消える。

（良かった。防ぐのは難しくない。ですが……）

「あなたは大丈夫でも、他の人はどうかなー？」

香里がアムリタの懸念《けねん》を言い当てる。胞子にさらされているのは今や彼女だけではなかった。黒々とした嵐はドーム状に広がり、志藤や水田、京平にまで猛威を振るっている。《パラベラム》を張る余力も残っていなかったのだろう、志藤がどっと床に倒れた。

「志藤！」

「水田くん並のしょーもない魔法使いが五十人くらい。まだマシなのが……五、六人？《ワイズクラック》の元メンバー一人。そして雪近さん。まずまずの成果だけど、これじゃあまだあの魔法を使うには足りなくってさ」

アムリタが慌てて志藤の元に戻る間に、香里は嘆息《たんそく》交じりに喋《しゃべ》り続けた。

志藤もまたほか二人と同じように、ついに意識を失っていた。アムリタは唇を噛んで手を掲げる。

（障壁の代わりになるとは思えませんが……）

アムリタの防護膜を他人に張ることは不可能だ。代わりに、彼女はシャボン玉のような柔らかな球体――輸送用の泡巣結界《フローター》で志藤を包み込んだ。

志藤の身体がシャボン玉に持ち上げられ、床から浮き上がる。多少の衝撃は和らげてくれるが、障壁としての機能はほとんどない代物だ。

さらに離れた二人――水田と京平に向かって手をかざし、同じく泡巣結界《フローター》で包み込む。

「ようやくこの技《プログラム》を実行できるくらい魔法生物《ホムンクルス》を成長させられたから、あとは楽だけどね」

「プログラム？」

アムリタが怪訝そうな目で香里を見据えた。

「楽とはどういう意味です？　まさかこのドームは……」

「物っ凄く広がるよ？　組み込まれたプログラム通りに動くだけだから、私の負担にもならないしねー。遠隔操作もできるから、ホント楽」

「ユキチさんのみならず、人々から無差別にマナを奪うつもりですか」

歯噛みしながら、アムリタは志藤や他の二人を横目で確認する。泡巣結界《フローター》は胞子が叩きつけるのをいくらか防いではいたが、案の定というべきか、早くも小さな穴が開き始めていた。

（やはり持ちませんか……）

三人とも消耗は激しいはずだ。このままマナを奪われ続ければ――命に関わる。

「逃げるなら追わないよ？　あたしだってか弱い女子だし、野蛮なことは好きじゃないから。まぁ要するに、とっとと失《う》せろ——ってことだけど」

「く……！」

見せつけるように、香里は再び雪近の首筋に指を突き付ける。

（ユキチさん……）

アムリタは俯いて固く瞼を閉じた。数瞬の葛藤《かっとう》の後、顔を上げて香里を睨みつける。

「いいですか？　もしユキチさんを傷つけるようなマネをしたら……」

「だからしないって。あなたをこのまま逃がすのも、その三人を病院にでも連れてってあげて欲しいからだよ？　放っておいたら死んじゃうでしょ？　ほら、あたしって見た目通り優しいんだから」

香里の軽口には取り合わず、アムリタは奥歯を噛みながら両腕の兵装を消し去った。腰の両側、二連装砲もジェット機の噴射口のようなものに換装される。

三つの泡巣結界《フローター》を引き寄せると、アムリタ自身も翼を広げて宙に浮きあがる。

「必ずあなたのもとに戻ります。ユキチさんも取り返します。後悔させてあげますから」

「あたし負け犬の遠吠《とおぼ》えって好きなんだよね。気持ちがなごむから」

どうやら本心であるらしい。悦《えつ》に入《い》った様子で笑む香里に背を向けると、アムリタは一直線に黒い胞子の外まで飛び出した。

胞子のドームはすでに建設中のビルからはみ出し、空中にまで及んでいた。

一瞬遅れて、三つの泡巣結界《フローター》がアムリタを追ってくる。結界内部は慣性がほとんど働かないため、どれだけ速度を出そうと志藤たちのダメージにはならないはずだった。

それでも、男子三人は意識もないまま苦しげに呻《うめ》いていたが。

「すみません、志藤、ユキチさん……」

アムリタもまた苦りきった呟きを漏らす。京平のカウンター障壁を脱した後、志藤の言葉に従っていたら――

(あの時志藤に、あちらの薬を渡していれば、こんなことには……!)

腰の両側で噴射口が青白い光を噴く。アムリタと、彼女についてくる泡巣結界《フローター》の速度が一気に上がった。

6. パンドラの再来

目を覚ますと前髪が額にべったりと張り付き、毛布の下でシャツが冷たく濡れていた。志藤《しどう》は半身を起こして辺りを見回す。

「ここは……九十九庵《つくもあん》か？」

昨日も泊まった部屋だ。カーテンの向こうの薄明は、朝の早い時刻であることを教えている。

（どのくらい寝てたんだ、俺《おれ》は）

志藤は額に手を当てて、意識を失う前にあったことを思い出そうとした。建設中のビルに駆け付け、水田《みずた》を見つけたはいいが京平《きょうへい》が現れた。

（確か……そうだ、あの女の子が水田を裏切って……）

魔法生物《ホムンクルス》の小さな粒を、辺りに解き放ったのだ。そして――

「ユキチは⁉　どうなったんだ⁉」

志藤が慌てて顔を上げると同時、ベッドの横がガンと叩かれた。驚いてそちらを覗き込むと、床に寝そべったアムリタが額を抑えて何やら悶《もだ》えていた。

「ア、アムリタ？」

「え？　あ……はい。おはようござい——って、志藤！」

寝ぼけ眼を突然見開いて、アムリタがバネ仕掛けのオモチャのように跳ね起きた。ベッドによじ登ってきて、志藤の額に手を当てる。

「もう大丈夫なのですか、志藤⁉　熱は下がったようですが、どこか痛むところはありませんか⁉　呼吸は正常ですか⁉　脈拍《みゃくはく》は⁉　心臓《しんぞう》はまだ動いていますか⁉」

「動いてなかったら怖すぎるだろ。大丈夫、もう平気だ」

ぐいぐい迫ってくるアムリタの気迫に、志藤は両手を上げて回復をアピールする。

ふと、アムリタの目の下にうっすらと隈《くま》が出来ているのに気づく。頬には床に敷かれた絨毯《じゅうたん》の跡がついていた。一晩付きっ切りで志藤の面倒を見ていたのだろう。

志藤は微笑して、アムリタの頬を軽く摘まんだ。

「悪いな。お前こそ無理はしてないか？」

「う……こ、こんな時に優しい言葉をかけないでください。ユキチさんが……」

「どうなったんだ？　無事なのか？」

「香里《かおり》さんに連れていかれました。行方は分かっていません。むやみに傷つけるつもりはないと言っていましたが……」

「そうか」

頷くと、志藤はベッドから足を下ろした。

「すみません。私の過失です。私が志藤の言う通りあの薬を渡していれば……」

「どうかな。俺も体力的にきつかったし、飲み込めたとしても効き目があったかどうか」

それにあちらの薬は、何よりも副作用が激しい。アムリタが渋るのは志藤の身体を気遣ってのことなのだ。

立ち上がってみると、呪いの症状は治まっていたものの、まだ身体がずっしりと重く感じた。

「し、志藤、大丈夫なのですか？」

「ああ、心配ない。水田と京平はどうした？　今、何が起きてる？」

志藤の問いに、アムリタはしばし躊躇った後、顔を上げた。

「下に来てください。テレビもネットもその話題で持ち切りですので、何が起きているのかすぐ分かるかと思います。それと、我々にお客も来ています。——保安室から」


画面に映ったどす黒いドームは街を一つ覆い尽くしていた。場所は昨日も訪れた新宿《しんじゅく》の東側、商業ビルが密集した区画の外れ辺りだ。香里が発生させたあの胞子に違いないが、規模は昨日とは比べものにならないほど拡大している。

ソファに座り、食い入るようにテレビを見つめる志藤の後ろで、眼鏡《めがね》の女性が口を開いた。

「ドームは新宿区の端から、あの場所に移動してきました。後にはマナを奪われて倒れた市民が残されており、幸い命に別状はない模様ですが、数が多すぎて対応しきれていない状況です」

若菜《わかな》より少し年上だろうか。後頭部で髪を結い、長身をスーツで包んでいる。本部長・吉田《よしだ》ナターリアの補佐官である堂明美丹《どうみょうよしあか》だ。いかにも冷静で落ち着き払った声音《こわね》や表情からは、何を考えているのかいまいち読み取れなかった。

「今はどうなんだ？　中の人たちは無事なのか、ミッタン」

「その呼び方は止めるよう再三に渡り要請しているはずです」

「ドームの移動はそう速くなかったので、一般の方は大体避難できたらしいです。そうですね、ミッタン」

「意図的に要請を無視したと判断します。よって本官も質問を黙殺《もくさつ》します」

「『一般の方は』？」

「はい。軽装備で駆け付けた保安官などは、戻っていないようなのです。それと、話によるとあの辺りを縄張りにしてたクランの魔法使いは、ほとんど逃げなかったとか」

「冗談だろ？　なんでそんな……」

「決まってんだろ、んなこたぁ」

割り込んできた声に、志藤は視線を転じた。食事用のテーブルに一席を占める京平が、並べられた料理を端から平らげながらこちらを見ていた。

「自分の縄張りを守るためだ。あんなモンどう見たって魔法使いの仕業《しわざ》なんだから、クランとして当然だろ」

「ところで京平、お前なんでここにいるんだ?」

「彼は病院に運ばれましたが、今朝のうちに病室から姿を消していました。どのような経緯からここへやってきたのかは本官も把握しておりません」

淡々と説明する美丹に、京平は涼しい顔で肩を竦《すく》めた。

ちなみに水田は病院のベッドの上だそうだ。まだ起き上がれもしない状態らしいが、仕方がないだろう。京平とは地力が違う。

「宮子のヤツに電話で呼ばれたんだよ。説明しに来いってな。保安室の世話になるなんざ願い下げだから、ちょうどよかったぜ」

なるほどと頷くと、志藤はキッチンを覗きこんだ。

「そういえば姉ちゃん、宮子はどうした」

「今おつかいに行ってもらってるの。志藤ちゃんがあんな様子で、宮子ちゃんも落ち着かないみたいだったから、気を紛らわせた方がいいかと思って。そしたら志藤ちゃん起きてきちゃったけど」

キッチンから出てきた若菜が、お盆に深皿を乗せて志藤たちの方へやってくる。

「ずっと寝てたんだから、何か食べた方がいいわよ? 胃が弱ってるといけないから、お粥《かゆ》にしたけど」

「ああ、ありがとう。もらうよ」

何か心配事や悩み事があると、ひたすら料理に打ち込み始めるのが若菜の昔からの習性だ。テーブルの上の料理の数々、キッチンのカウンターにいくつも並べられた手作りジャムの瓶が、彼女もまた一晩中心穏やかでなかったことを報せていた。

「あと、アムリタちゃんの分も何か持ってくるわね？　疲れてるでしょ？」

「ありがとうございます、お姉様」

「とにもかくにも」

仕切りなおすように、美丹が腰の後ろに両手を回した。

「現在、装備を整えた保安官たちがドーム内に進入し、雪近《ゆきちか》嬢を含めた要救助者及び、主犯である樋田《ひだ》香里の捜索にあたっております」

「香里さんとユキチさんもドームの中なのですか⁉　確か香里さんは、あのドームは遠隔操作可能だと……」

「数時間前、ドームの深部へと向かった捜索隊第一班から、樋田香里を発見したとの報が入りました。収集したマナを利用して何か始めようとしていた模様ですが、詳しく状況が伝えられる前に通信が途絶――いまだに回復しておりません」

「はッ、ミイラ取りがミイラってわけかよ。様《ざま》ぁねーな」

「あのクソガキを即刻黙らせるよう要求します」

「あいつのことは気にしないでくれ。それで、雪近は？　香里と一緒にいたのか？」

「そのようです。無事でいたようですが、やはり詳細は分かりません」

「ドームの中にいることさえ分かれば十分だ。俺たちもすぐに向かう」

立ち上がりかけた志藤の肩に美丹が手を置いた。力を込めて志藤をソファに押し戻す。

「それは許可出来かねます」

「どういうことです、ミッタン」

「あなたがそのような疑問を持つとは予想外です、アムリタ嬢。今の志藤氏をご覧になれば、不許可の理由は一目瞭然と思われますが」

「う……」

「俺なら大丈夫だ。何の問題も――」

「これは本部長からの命令でもあるのです、志藤氏。本件からは手を引いてもらい、健康状態が回復次第、保安室に帰投願います。反論は認めません」

志藤が押し黙ると、美丹は手を放した。

「以上です。雪近嬢のことは必ずや助け出しますので」

「だが美丹さん――」

「こんな時ばかり本名を呼んでも命令は覆《くつがえ》りません。それでは本官は職務がありますので、これにて失礼させていただきます」

どうやら志藤の状態を確認し、今のメッセージを伝えるためだけに彼女はやってきたらしい。

何もお構いしませんで、と玄関までついて行った若菜に見送られ、美丹は九十九庵を後にした。

手早くシャワーを浴びた志藤がリビングに戻ると、宮子が帰ってきていた。

「京平から聞いたわ。自分もクラックヘッドみたいになりたい——なんて考えるような子が、まだいたとは驚きね。あとこれ、買ってきたリンゴ。食べる?」

「まったく同感だ。リンゴはもらう」

テーブルについた志藤の前に、宮子が皿を置く。リンゴはウサギ型に切られていた。

志藤の横にはアムリタが座っており、彼女とはもっとも遠い席に京平の姿があった。料理は二人で胃に収めたのか、片づけられている。

「で? どうする気だ、志藤」

京平は片腕を背もたれの裏に回していたが、ライブバーの時のようにだらしなくふんぞり返っているというわけではなかった。すぐ近くのキッチンで若菜が洗い物をしているからだろう。若菜の前では少しだけ行儀がよくなるのは、今でも変わらないらしい。怒らせると恐ろしい相手だと分かっているのだ。

志藤はリンゴを一切れ齧《かじ》って、虚空を見据えながら答えた。

「ユキチを助けに行く。出来れば樋田香里も捕まえる」

「ちょっと。保安室のお偉いさんから、行くなって言われたんじゃなかったの?」

「言われたが従うとは言っていない」

志藤の言葉に京平が呆れたように短く笑い、宮子は額に手を当ててため息を吐いた。

アムリタはしばし逡巡《しゅんじゅん》したが、結局力強く頷いた。

「分かりました。保安室を信用していないわけではありませんが、このまま待っているだけなど、私も気が収まりません」

「ああ。だが気持ちだけじゃない。俺とお前にとっては、現実的な問題もある」

「……と、いいますと？」

「香里はパンドラ事件を再現すると言っていたよな？　ドームの中で香里がしようとしている『何か』っていうのは、つまりそれだろう」

京平と宮子が驚いたように顔を上げた。

「おいおい、そりゃあ……」

「《ダイバールーク》を使うつもりってこと？　でもあの魔法は私たちしか……《ワイズクラック》のメンバーしか術式を知らないはずよ」

「ああ。だからこそ香里をこの手で捕まえなきゃならない。彼女の背後にはきっと――」

「久瀬《くぜ》アキラがいる……ですか？」

「そうだ。それこそが、俺とお前の目的だったはずだ。あくまでユキチを優先するが、香里の方も保安室に先を越されたくはない」

雪近を筆頭に、保安室にも志藤が信頼を置く人物はいる。だがそれでも、保安室は魔法総局の下部機関であるということを忘れてはならない。

本部長たるナターリアが何か隠しているのは間違いないし、香里から聞き出した情報を、志藤たちに渡さない可能性も低くはない。むしろ高いと、志藤は思っていた。

今や保安室にも味方はいる。だが保安室そのものは、決して味方ではないのだ。

アムリタが神妙な面持ちで首肯《しゅこう》する。

「分かりました。もう無理をするなとも言いません。行きましょう、志藤」

と、ふいに京平が口を開いた。

「俺も行くぜ」

「む？　我々に手を貸そうと言うわけですか？」

「ふざけんな。てめぇらについていくとは言ってねぇ。幸い《黒爪団《ブラックネイル》》は今も病院だから、あのドームの被害には遭《あ》わなかった。が、そもそもの元凶はあのクソ女だ。水田とかいう哀れな野郎には借りを返したが、あいつにもきっちり返さねーとな」

京平は獰猛《どうもう》な笑みを浮かべ、椅子から立ち上がった。志藤を横目で一瞥《いちべつ》する。

「だが、身体にガタが来てんのは認めざるを得ねぇ。俺は誰かさんと違って、自分のことが分からないほどバカじゃないからな。だから、お互いの利害が一致する範囲でなら、今回だけは手を貸してやってもいいぜ」

「京平、香里からアキラのことを聞き出そうとしているんなら——」

「あんたにとって保安官を助けるのが第一だってんなら、俺にとっちゃ、あの女に《黒爪《ブラックネイル》団》の借りを返すのが一番重要だ。その後はあんたの好きにすりゃあいい」

「……いいだろう。そういうことなら、今回だけ手を借りてやる」

「おい宮子、お前ェ《め》はどうすんだ？」

　京平は宮子に視線を移した。宮子はテーブルを離れ、キッチンのカウンターに寄り掛かっていた。両肘を摑む様に腕を交差し、じっと志藤を見据えてくる。

「京平、やめろ。俺たちだけで——」

「私に嘘《うそ》を吐《つ》いたらしいわね、志藤」

「え？」

「その呪いのこと。まともに魔法を使えないくらいひどいそうじゃない」

「うぐ……」

「昨日は、まさかあんな状態で帰ってくると思わなかったわ。自分がどれだけ死にそうな顔をしてたか分かっているのかしら。そんな身体でアキラを追うつもりだなんて、あの子を甘く見てるとしか思えないけど？」

　言葉を重ねるごとに圧を増していく宮子の瞳に、志藤は怯えたように顔を背けた。京平がざまぁみろとしたり顔をするのが、視界の端に映る。後で殴ろう。

「まったく。……バカな男《ひと》」

宮子が憂《うれ》いを帯びた吐息を零《こぼ》した。

「私はね、志藤。クランからは足を洗った。今は魔法学園の生徒として真面目《まじめ》にやってるの。もう《ワイズ》の一員じゃない。あなたの仲間でもない。でも――」

カウンターから身を離し、宮子は両手を腰に当てた。

「友達までやめたつもりはないわ」

「宮子……？」

「出がらしみたいな今のあなたたちだけで、行かせられるわけないでしょ。この残りかすども」

「おい、ひでぇ言い草だな」

「言い得て妙ではありますが」

「待ってくれ、宮子。俺は今のお前の生活を邪魔したくは――」

「四の五の言うとぶっ飛ばすわよ？」

「ごめんなさい」

「なんで俺の時とは対応が違うんだよ、てめぇは……」

「とにかく、決まったようですね」

アムリタが頷いて席を立った。志藤がそれに続く。

「行こう。香里が本当に《ダイバールーク》を使おうとしているなら、その前にヤツを見つけ出す」

外の世界はおそらく昼前くらいだろう。ドームの中心部は周囲と比べて随分胞子が薄かったが、それでも陽光は僅かしか届かず、薄暗かった。

雪近は胞子渦巻く上空を見上げ、それから香里に視線を下ろす。誰もいない交差点の端、彼女はロープのように変化した魔法生物《ホムンクルス》によって、街灯の一つに縛り付けられていた。

「こんなこともうやめるべきよ、香里さん」

少し離れたところに佇む香里は、雪近の言葉を無視した。

漆黒のドレスを身にまとった樋田香里は先程から、手にした大剣をじっくりと眺めている。魔法生物《ホムンクルス》を用い、【煉鉄《れんてつ》】を模して作った剣だ。

(外はどうなってるんだろ……やられた保安官のみんなは大丈夫かな……)

途中に遭遇した保安官たちのことを思い出して、雪近は瞳を伏せた。

彼女たちがここ――ドームの中心にやってきたのはつい先ほどだ。昨日まではドーム内にすらいなかったようだが、意識がもうろうとしていたためよく覚えていない。

必要なマナの収集が完了し、次の段階《フェイズ》に進むためにここまで移動してきたらしい。その道すがらに、要救助者の捜索をしていた保安官たちと鉢合わせたのだが……。

(やっぱりよく思い出せない。どうなったんだっけ? ――ああもう、絶対これのせいだ)

雪近は魔法生物《ホムンクルス》のロープを振りほどこうとするように身を捩《よじ》った。

さらわれて以後、雪近はそれほど乱暴には扱われていない。魔法生物《ホムンクルス》の胞子に蹂躙《じゅうりん》された後の無人のコンビニから調達した食事も、二人で食べた。

だがその間、雪近の拘束が完全に解かれるようなことも当然なかった。

特に首にはめられた太い輪は曲者《くせもの》で、まさに生かさず殺さずといった程度に雪近のマナを奪い続けている。時折意識の焦点が不確かになるのも、そのせいだろう。

強化魔法さえ使えず、目下のところ、魔法生物《ホムンクルス》のドレスを纏《まと》った香里から逃げる手段は思いつかなかった。

「雪近さん、これどう思う?」

「え?」

突然声をかけられて、雪近は弾かれたように顔を上げる。相変わらず、香里は漆黒の大剣を眺めていた。どこか気に食わない様子だ。

「ど、どうって?」

「一年前まで、これが最強の魔法使いの象徴だったんだよ? こんなダサい剣がさ」

「私は結構、かっこいいと思ってたんだけど……」

「病院でもそんなこと言ってたけど、本気?」

「べ、別にいいじゃない」

唇を尖らせる雪近に、香里は呆れたように肩を竦めた。

雪近がクラックヘッドと遭遇したのは一度だけ。まだ彼女が保安官を目指す前——自分の将来などイメージできず、魔法に関する天賦《てんぷ》の才をどことなく持て余していた頃だ。

クラックヘッドは二つのクランの抗争の現場に、突然現れた。夏の夕暮れ時、たまたま通りかかった公園での出来事だった。公園の奥から小学生や、小さな子供を抱えた保護者が逃げてくるのを見て面食らったことを覚えている。その後に、閃光《せんこう》や破裂音《はれつおん》が届いた。

逃げる人々に逆行して公園の奥に走ったのは、身内に保安室の職員を持つことからくる義務感だったのだろうと思う。

戦っていたのは二十名ばかりの魔法使いだった。

（クランの魔法使いの抗争を見たのは、あれが初めてだったっけ）

緑溢れる公園は、抗争の余波で木々がなぎ倒され、ベンチや噴水が無残に破壊されていた。

立ち尽くしたのも一瞬。雪近は思わず叫んでいた。

「やめなさい！」

聞く耳を持った者はいなかった。光線がレンガ敷きの地面や芝の茂った一角を抉《えぐ》り、強化魔法を纏った拳に殴り飛ばされた少年が花壇に突っ込んで花を散らせた。

叫んでみて、それを無視されて、雪近は痛感した。

無力であると。出来ることはなにもないと。自分が魔法を学ぶ上で有利なものを持っていると知ってはいたものの、まだ彼女は簡単な魔法しか身に付けていなかったのだ。

開けた空間の端でしゃがみ込んでいる女の子を見つけたのはその時だった。

「そんな……！」

逃げ遅れたのだろう。抗争の中心からそう離れていない。木の陰に隠れているため、クランの魔法使いたちにも存在を気づかれていない様子だ。

雪近は反射的に駆け出した。魔法の余波がいつあの子を巻き込んでもおかしくはない。

実際、雪近の予感は正しかった。

勇気を振り絞ったのか恐慌《きょうこう》を来《きた》したのか——次の瞬間、女の子が木陰から飛び出した。タイミングは最悪だった。

「ダメ、待って！」

魔法使いの一人が放った光球を、別の魔法使いが弾き飛ばす。軌道の逸《そ》れた光球の向かった先が少女だった。

「危ない！」

すんでのところで、雪近は女の子を捕まえた。だが光球を避ける余裕はなかった。女の子を胸に引き寄せるのが精一杯だった。

直後、轟音が鼓膜を劈《つんざ》いた。

「え？」

音だけ。衝撃は一切ない。

驚いて顔を上げた雪近は、そのまま言葉を失った。いつ、どこから現れたのか、目の前に人影が佇《たたず》んでいたからだ。

人影はこちらに背を向けているようだったが、文字通り、西日の逆光の中に浮かぶシルエットでしかなかった。にもかかわらず、その手に下げられた巨大な、漆黒の剣だけははっきりと目に焼き付いた。

人影がわずかに振り返る。面立ちも影に沈んでいた。

「どっちもケガはないか？」

先ほどの音で耳がダメージを負ったのか、その声は壁の向こうから聞こえてくるかのように、ぼんやりと響いた。少年じみた声、とだけしか判断がつかない。

「そっちは妹さん？」

「知らない子だけど、巻き込まれそうになってて……」

自分の声さえおかしく聞こえて、雪近は途中で口をつぐんだ。女の子を見下ろすと、まだ小刻みに震えたまま雪近にしがみついていた。

「そうか。あんた凄いな。こいつらがその子にケガさせないで済んだのは、あんたのおかげだよ。――ありがとう、本当に」

「あなたもこいつらの仲間なのね？」

思わず蔑《さげす》むように言う。だが、すぐに他の魔法使いたちの様子がおかしいことに気づいた。戦いを中断した魔法使いたちの誰もかれもが、突如現れた少年に視線を注いでいた。――驚きながらも、怯《おび》えたような目で。

「同類なのは確かだが、仲間ってわけじゃない」

「別のクランの……？」

「そういうことだ。首を突っ込む気はなかったんだが……」

少年が魔法使いたちの方へと顔を戻す。ふいに、その雰囲気が変わった気がした。

「一般人の、しかも子供を巻き込むようなマネをするんじゃあな」

少年が低く唸《うな》るような声を発すると同時、魔法使いたちが身構えた。

彼は明らかに怒っていた。おそらくは、雪近の腕の中で震える子供のために。

「あんたにはもう一度礼を言うよ。世話になっておいて頼み事も何だが、その子を連れて行ってくれないか。俺はこいつらに話がある」

半ば気圧《けお》されて、雪近は頷いた。女の子の手を引いてその場を離れる。

最後に振り返った時、少年は大剣を肩に担いで、悠然《ゆうぜん》と魔法使いたちの方へと歩いていた。

西日を跳ね返す武骨な剣が、目にだけでなく心にまで焼き付いていたと雪近が気づくのは、しばらく後のことになる。

（あの人がクラックヘッドだったなんてなぁ）

物思いから覚めて、雪近はいつの間にか俯けていた顔を上げた。香里は雪近の答えにさほど興味は持たなかったようで、既に剣も消し去って明後日の方向を向いている。

あの日、保安室に通報し、子供の親を見つけてから公園に戻ると、すでに魔法使いたちは姿を消していた。無惨《むざん》な有様《ありさま》だった抗争の中心地は、元通りとまではいかないが、出来る限り片づけられた形跡があった。

あの少年こそがクラックヘッドであることは、すぐに調べがついた。

雪近はその事実に少なからず驚いたものだ。クランなどという迷惑な連中の頂点に立つと言われる魔法使いのことだから、極めて自己中心的で、それこそ周囲の被害など顧《かえり》みないような人間なのだろうとイメージしていたからだ。

（私が保安官になろうと思ったのも、きっとそのせいだよね……）

見ず知らずの子供が無事だったことに安堵し、その子のために怒ることが出来る少年とクラックヘッドのイメージとを、どうしても結びつけることが出来なかった。だから知りたかった。なぜクランなどということをしているのか。

あの日遭遇した少年がクラックヘッドであるなら、クランよりもっとふさわしい場所があるはずなのだ。例えば——保安室がそうだろう。

（そのためにクラックヘッドを捕まえて、更生させる——そう思ってたんだけど……）

余計なお世話かもしれないという考えは持たないことにして、雪近はひたすら魔法を学んで保安官試験に合格した。しかしその頃には、クラックヘッドはいなくなっていたというわけだ。

「私もクラックヘッドには興味があるけど、香里さんはなんでそうなりたいって思ったの？」

「え？」

突然の質問に、香里は振り向いて顔をしかめた。

「あたしは別にクラックヘッドに興味ないよ？　みんなが怖がるから、名前を借りたら便利だなって思っただけ」

「怖がる？」

「そう。クランの魔法使いは誰もが、クラックヘッドを憎みながら怖れてる。最低のクズだってバカにしながら、いつか戻ってきたらどうしようかと怯えてる。あたしが水田くんを使って広めた噂でどれだけの魔法使いがビクついてるのか考えると、最高に楽しくない？」

「…………」

「あ、でも、パンドラ事件で仲間をすっぱり見捨てたことには、ちょっと憧れがあったかも」

「どういうこと？　意味が分からないんだけど」

「だって、クラックヘッドにとって仲間なんて価値がなかったってことでしょ？　計画の第一段階は何があるか分からないから水田くんに頼ったけど、やっぱり色々ムカついたもん。力で従わせて、要らなくなったら切り捨てる——それが理想だよね。だからあたしもやってみたの」

「…………」

雪近は思わず眉間に皺《しわ》を寄せた。この少女はあまりにも、理解不能だ。

「クラックヘッドは、そんな風には考えてなかったと思うよ。そんな人じゃない」

「そうかなぁ。クラックヘッドはあたしと同じ穴の狢《むじな》だって気がするけど」

不満を込めた雪近の視線に、しかし香里はにんまりと笑った。

「そうじゃなきゃ、何のためにクランなんてやってたの？」

「そ、それは……」

「力で他人を征服するために決まってるよ、雪近さん」

まるで自分にはその力があるとでもいうように、香里は腕を広げて得意げに言葉を続ける。

「東京《とうきょう》中のクランを統一するって、そういうことでしょ？」

「……………」

「ま、どうでもいいけどね。クラックヘッドは結局、失敗したわけだし。——でもあたしは成し遂げる」

香里は雪近から視線を外して、魔法生物《ホムンクルス》のドレスを見下ろした。

周囲を漂う胞子がドレスに吸い込まれては、また吐き出されるのを繰り返していることには、雪近も気づいていた。ドームを形成する胞子は循環し、奪ったマナを香里に届けては、またドームに戻っているのだろう。

香里は満足げにほくそ笑む。

「あと少しだよ、雪近さん。十分なマナが溜まるまで、あと少し。保安官に対する策も打ってあるし、誰もあたしの邪魔は出来ない」

「上手くいくと思わないで。必ず、あなたを阻止する誰かが現れる」

「ふーん……。けどね、雪近さん」

香里が近づいてきて、漆黒の手袋に包まれた手で雪近の頬に触れた。

「もしそうなったとしても、あなたがいるでしょ？　とっても強い、あなたが」

「何を言って……」

首に巻かれた太い輪が、ふいに熱を持った気がした。

途端、頭に霞《かすみ》がかかったように思考が鈍り、視界が暗くなる。身体から力が抜ける。

香里が低く笑う声が聞こえた気がしたが、雪近は顔を下ろしたまま動かなかった。むしろ心地よくさえある脱力感に、身を任せることしかできなかった。

∴　∵　∴　∵

（友達か……）

志藤は吸入器から薬を吸いながら、宮子の言葉を反芻《はんすう》した。

薄暗い新宿の街角。高層ビルの間を、黒い胞子の吹雪が吹きすさんでいる。だが数歩先も見通せないというほどでなく、吹き付ける風も強化魔法を纏えば大して気にはならなかった。

志藤たち四人は広い公道のど真ん中を進み、すでにドームの中ほどまで来ている。新宿周辺は保安官や警察によって封鎖されているとはいえ、圧倒的に手が足りておらず、侵入は難しいことではなかった。

「大丈夫ですか、志藤」

防護膜《ぼうごまく》を展開したアムリタが、志藤を一瞥《いちべつ》して言う。

「具合が良くないなら――」

「いや。大丈夫だ。それよりアムリタ、何か異常は感じないか？　救助活動中の保安官と鉢合《はちあ》わせたりはしたくない」

「今のところ大丈夫そうですが、この胞子のせいでアンテナの利きがよくありません。警戒は怠《おこた》らないでください」

了解と呟いて、志藤はもう一度吸入器を口元に運んだ。アムリタが目ざとく睨んでくる。

「頻度《ひんど》が高いですが。本当に大丈夫なのでしょうね」

「心配性だな。無理するなとは言わないいんじゃなかったか？」

「あ、あなたが自己管理をしないからじゃないですかっ。ですから仕方なく、私が――」

「その呪いってのは」

喰ってかかってくるアムリタの言葉を京平が遮る。京平は頭の後ろで手を組んでだるそうに歩いているものの、その視線は予断なく周囲に配られていた。

「治んねぇのか？　つーかそもそもなんで、んなことになってんだよ」

「治せるものなら治しているに決まってるじゃないですか。パンドラ事件で発生したとある魔法生物《ホムンクルス》によるもので、原因もはっきりしないんです」

「はっきりしない？　呪いっていうものだから、普通に寄生型の魔法だと思っていたのだけど、違うのね？　その魔法生物《ホムンクルス》の解析はしていないの？」

「魔法生物《ホムンクルス》には逃げられまして……その、少々込み入った事情があるんです」

「詳しいことはそのうち話すよ」

「そのうち、ね。今度は何年後になるのかしら？」

「う……」

思わず呻《うめ》く志藤に、京平が鼻で笑った。

「恨《うら》むとしつこいな、女って奴は。まぁ、宮子の場合は仕方ねぇか」

「は？　何が言いたいのかしら、京平」

「何がだぁ？　笑わせるぜ。お前《ワイズ》がなくなってからもずっと志藤を探してがふっ！」

宮子の流れるような裏拳が、よそ見をしていた京平の顔面にめり込んだ。《パラベラム》同士が干渉して火花を上げる。

大したダメージのはずはないが、京平は俯いて鼻を押さえた。

「いってぇな！　何すんだてめぇ！」

「魔法生物《ホムンクルス》の粒がハエに見えたものだから。親切心が仇《あだ》になったわね、悪かったわ」

「白々《しらじら》しいんだよお前は！　クランと関わるのをやめたなんつって、情報屋なんかやりやがって。志藤《こいつ》を探すためじゃなくてなんだってんぐぼっ！」

「あら？　今度はおなかに虫が止まってたと思ったんだけど。違ったわね」

「こんの……！　九十九庵に引っ越したのも、こいつが帰ってくるのを待つためのくせに、なにがもう仲間じゃないだよ強がりやがひぎぃい！　お、おい関節技はずりいぎぃいいいッ！」

《パラベラム》の弱点はサブミッションだ。

背中に回された京平の腕を捻り上げながら、宮子はもう片手で彼の首を摑んだ。

「それ以上喋《しゃべ》ると……へし折るわよ？」

「あ、あの、宮子さん？　赤間《あかま》京平の言うことは本当な――」

「デタラメよ」

「…………」

宮子の即答に、しかしアムリタは何やら疑わしげに彼女の横顔を見つめた。宮子はしばし押し黙っていたが、やがて耐え切れなくなったかのように、さっと顔を背《そむ》けた。

「宮子さん、今、顔が赤くなって――」

「な、ないわよバカ言わないでくれるかしら⁉」

「だったらちょっとこっちを見てみてください」

「いやです！」

「志藤、向こうに回り込んでください」

「なんでだ？　というかさっきから、何をしてるんだお前ら。そんなことより向こうに——」

「私としてはどうしても確かめておく必要があります。私の勘が正しければ、私より志藤に見られることを嫌がるはずなので」

「ちょ、何言って——ふ、二人とも一歩でも動いたら京平《こいつ》がどうなるか分からないわよ⁉」

「いや俺もう関係ねぇだろひぎぃいいいいいッ！」

「別に構いませんけど」

「構えやぁあッ！」

力が緩んでいたのか、京平が宮子の腕を振りほどいた。

「宮子てめぇ……今ここでぶっ飛ばしてやってもいいんだぞ！」

「へえ」

啖呵《たんか》を切る京平に、宮子は冷静さを取り戻して目を細めた。

「言ってくれるわね、京平。あなた一対一で、私に勝てた試しあったかしら？」

「あ？　てめぇ抗争で俺より戦果上げたことあったかよ。それに市街地っつっても今ここにゃ誰もいねぇ。昔みたいにちょこまか逃げ回る戦い方しようが、まとめて吹っ飛ばせるんだぞ」

「自分の身体のことも分からないバカじゃない――とか言ってたわよね、この出がらし野郎。それともまたマナフレーム頼みの、なんとかの一つ覚えで戦うつもり?」

「そういえば聞いたぜ、宮子。水田って男にやられそうになったんだろ? ダセェったらねぇな?」

「あなたこそ、魔法生物《ホムンクルス》の成長に一役買ったらしいわね。さすがと言うべきかしら?」

それきり二人ともが口を閉ざし、睨み合った。

「あ、あのっ、そんな本気のケンカはですね……」

「悪いのだけど、少し黙っててくれる? この男、一年経ってもまだ教育的指導が必要みたい」

「上等だ。やってみろよ。返り討ちにしてやるぜ」

「ちょ、ちょっと、お二人とも」

アムリタがおろおろと、宮子と京平を交互に見やる。しかし二人は彼女に視線も向けず、それぞれ強化魔法の出力を上げた。

周囲の空気が張り詰め、アムリタが気圧《けお》されたように後退《あとじさ》る。二人がじり、と距離を詰めた、その時――

「やめろ、お前ら」

志藤の鋭い声に、宮子と京平ははっと顔を上げた。志藤が睨んでいるのに気づいて、二人ともバツが悪そうに視線を明後日の方向に向ける。

「何をしてるんだ、まったく」

「……だって、京平が」

「俺のせいにすんなよ」

二人は一瞬睨みあったものの、今度はそれ以上には発展しなかった。アムリタが胸を撫で下ろした。

「びっくりしました。ケンカなんてよくないですよ、お二人とも。ですよね志藤？」

「いや、別にそれはいい」

「いいんですか⁉」

「見てて面白いしな。昔はこんなこと日常茶飯事《にちじょうさはんじ》だった。敵対するクランと戦ってる最中に内輪もめが起きて、むしろそっちがメインになるとか」

「ダメじゃないですか《ワイズクラック》！」

「だが今はそんな場合じゃない。というか、みんな気づけ」

「む？　志藤、なんのことで――」

アムリタが首を捻りかけ、しかし途中で何かを察して、弾かれたように振り向いた。志藤も改めてそちらに視線を向ける。

「あ、あれは……！」

四人の進行方向、黒い吹雪の向こうにおぼろげな人影が見える。一つや二つではない。

アムリタが悔しそうに唇を噛んだ。

「すみません、志藤。気を取られていて、全く気配を感じられていませんでした」

「気にするな。こいつらが悪い」

志藤は親指で残りの二人を指し示す。京平が舌打ちし、宮子もつんとそっぽを向いた。

「どのくらいいるか分かるか？」

「ざっと四十ほど。前方だけではありません。ほぼ……囲まれています」

アムリタの言葉に呼応するかのように、周囲の建物の陰からぞろぞろと人影が姿を現した。

志藤は鋭い視線を巡らせながら、眉間にしわを刻む。

「保安官と鉢合《はちあ》わせた……というだけじゃないな、どう見ても」

白い強化服に身を包んだ保安官たちは、ヘルメットだけを外していた。彼らが香里発見の報を入れた後に消息を断ったという、捜索隊の第一班なのだろう。

ただ保安官は数名で、包囲を狭めてくる人影はむしろ、私服姿の少年少女の方が多かった。

その中の少年たちに目を留めて、京平が眉を上げた。

「あいつらは……」

「知り合いか？」

「近所のクランの連中だ」

「じゃあ彼ら、この辺りに残ったクランの子たちなのね？　というか、みんな様子がおかしいわよね？　保安官も」

その通りだ。誰もかれも目が虚《うつ》ろ。足取りはしっかりしているものの、皆一様に、腕をだらりと垂《た》らした前傾姿勢になっている。はっきり言えばゾンビのようで不気味だ。

「志藤、皆さんの首元を見てください」

「ああ、全員首輪みたいなのを付けてるな。あれが何かあるのか？」

「魔法生物《ホムンクルス》です。あの方たちは、あれによって操られているのかと」

「そりゃあ、香里ってクソ女の仕業《しわざ》か？」

「それ以外考えられません」

「ドームの中心に近づく侵入者への、対抗措置ってところかしら？」

今や四人は、互いに背中合わせになって周囲の保安官や少年少女を見据えていた。と、

「ううう……！」

魔法使いの一人が獣《けもの》のような呻《うめ》きを発したかと思うと、虚ろだったその瞳に敵意が灯《とも》った。

途端にこちらに向かって手をかざし、魔法陣を展開する。

「うばぁあああああ！」

眩《まばゆ》い光の奔流《ほんりゅう》が黒い吹雪を貫く。ちょうど京平の真正面だった。

京平が舌打ちして《アルウス》を虚空に貼り付ける。光の奔流が障壁にぶち当たり、いくつもの支流となって辺りに飛び散った。

支流の一つがすぐ近くのアスファルトに突き刺さり、宮子が顔をしかめる。

「ちょっと。とばっちり来ないようにしなさいよ。今のとこは《半球障壁《イグルー》》を選ぶのがセオリーでしょ」

「う、うるせぇ」

「京平、お前まだ《半球障壁《イグルー》》苦手なのか?」

「余計なお世話だ」

「少しは成長したと思っていたのですが……しっかりしてください、赤間《あかま》京平」

「なんでお前まで訳知り顔してんだよ!」

「で、どうするの、志藤」

激昂《げっこう》する京平を放置して、宮子が志藤を一瞥する。最初の一人の敵意が伝播《でんぱ》したかのように、魔法使いたちは揃ってこちらを睨んでいる。どこか瞳の焦点が不確かではあるが、敵として認識されているのは間違いないだろう。

「そうだな……アムリタ、あの首輪は安全に剝《は》がせるか?」

「魔法生物《ホムンクルス》が肉体に浸食《しんしょく》し、寄生している場合、慎重に取り除かなければ後遺症《こういしょう》が残る可能性があります。あの首輪はそうではないように見えますが、念のため無理矢理引き剝がすのは止めた方がいいかと」

「ならどうすればいい?」

「私がやります。この人数ですと少し時間が掛かるでしょうが、あの程度のものなら私の一〇八の兵装の一つで、魔法生物《ホムンクルス》だけ死滅させることは簡単です」

「一〇八もないだろ。だが分かった。それはお前に任せる」

頷くと、志藤は他の二人に視線を移した。

「二人はアムリタをサポートしてくれ。連中を動けなくするぐらいはかまわないが、あまりやり過ぎるなよ？」

「あなたはどうする気、志藤？」

「香里のところに行く」

「な……！」

アムリタは一瞬絶句したが、すぐに咎《とが》めるように志藤を睨んだ。

「何を言っているのです、志藤。一人で行くのは危険です」

「もうドームが出来て丸一日だ。時間に余裕があるとは思えない」

「しかし……」

「言い争ってる時間はない。こいつらの安全を確保したら、すぐに来てくれ。お前の助けが必要だ」

「むぐ……あなたは本当に、こんな時ばかり……。し、仕方ありません。チョッパヤで行きますので、それまで無茶をしてはいけませんよ？」

「ああ。分かってる」

「話ぁまとまったか？　来るぜ」

京平の言う通り、辺りを囲む魔法使いたちの一角で魔法陣が展開していた。近くの五、六人で形成したらしい、なかなかの大きさの魔法陣だった。その中央から、稲妻《いなずま》が溢《あふ》れた。

「ちゃんと連携が取れてるってことは、リモートコントロールされているというよりは、催眠《さいみん》状態に近いのかしら」

今度障壁を展開したのは宮子だった。半球状の壁が四人を覆う。稲妻は壁を貫けず、閃光と破裂音を連続させるばかりだった。

破裂音に負けじと、志藤は声を大きくした。

「とにかくそういうことだ。みんなも気を付けろ」

「先に行くのはいいけどな、志藤——俺にもあの女には借りがあんだ。保安官の女が大丈夫そうなら、俺たちが合流するまで余計なマネすんじゃねーぞ」

「『志藤が心配だから無茶しないでね』って言ってるわよ、こいつ」

「男のツンデレきもいです」

「おい女ども……いい加減にしねぇといくら温厚な俺でも——」

「それでは志藤」

こめかみに青筋を立てる京平を無視して、アムリタが志藤を睨んだ。

「我々もすぐに追いつきますので、それまで絶っっっ対に、無茶はしないように」

「き、肝に銘じる」

「私からも一つだけいいかしら、志藤」

稲妻は止《や》んでいたが、今や半球障壁は全方向からの攻撃にさらされていた。いくら宮子の障壁が高いパフォーマンスを実現しているとしても、そう長くは耐えられないだろう。

宮子は志藤に顔を向けずに言葉を続けた。

「《ワイズクラック》は幻だったって、あなた言ったわね」

「ああ」

「そうなのかもしれない。あなたがクランのつもりで始めたものは、アキラの道具に過ぎなかったのかもしれない。それでも、何もかもがそうだったわけじゃないはずよ」

「…………」

「《ワイズ》として私たちがやってきたことや、信じていたものの、全てが幻だったわけじゃない——私はそう思う。今でも」

「宮子……」

「じゃ、さっさと行ってくれる？　そろそろ障壁もダメージが嵩《かさ》んできたわ」

束《つか》の間《ま》、志藤は悲しいような、苦しいような、少しだけ救われるような気持ちに囚《とら》われた。

だがすぐにそれを振り払い、ドームの奥へと顔を向けた。

「それじゃあ三人とも、うまくやってくれ」

三人が同時に頷くのが、気配で分かった。

障壁に亀裂が走る。ついに砕け散ったその瞬間、彼らはそれぞれ別方向に散開した。

魔法の余波は強化魔法で遮《さえぎ》り、志藤は高々と上空に飛び出す。立ちはだかっていた魔法使いたちの頭上を越え、路面に降り立つなり駆け出した。

後方で爆音が響く。しかし志藤は振り返らず、ドームの中心部目指して走り続けた。


ドームの中心部——商業ビルに囲まれた広い交差点の中は穏やかで、台風の目のように、そこだけ黒い吹雪がぴたりと止んでいた。

「ユキチは……連れ去った保安官はどこだ、樋田香里」

志藤はゆっくりとした足取りで交差点を進みながら、香里に向かって言った。

禍々《まがまが》しい漆黒のドレス姿の香里は、鬱陶《うっとう》しそうにこちらを見返してくる。

「《パラベラム》で私の魔法生物《ホムンクルス》を防いで、ここまで来たの？　低出力の障壁なら浸食《しんしょく》できるんだけど……あなた、思ったよりやるんだね。名前を聞いてあげてもいいよ？」

「志藤だ。桜田《さくらだ》志藤」

淡々と答えて、吸入薬を一口吸う。既に呼吸は辛かった。

香里は交差点のど真ん中に佇《たたず》んでいる。それなりの距離を残したところで、志藤は立ち止まった。香里の頭上、空中に浮かぶ大ぶりの球体を一瞥する。

ぼんやりと輝く幾何学的な文様からなる、球状の魔法陣だった。その中心に向かって文様が成長を続けているのは、まだ魔法陣が完成には至っていないためだ。

（本当に《ダイバールーク》だとはな……）

その複雑な魔法陣の細部まで、志藤は克明《こくめい》に覚えていた。間違いなく《ダイバールーク》だ。

だが雪近の姿がどこにも見えない今、それは後回しにせざるを得ない。雪近の無事がとりあえず確認できれば、アムリタたちの合流を待とうかと思っていたのだが。

「もう一度聞くが――」

「安心して。雪近さんなら、ちゃーんと無事でいるから。とっても元気だよ？」

「連れてきたのは分かってる。どこにやった」

「んふふー」

憎たらしい顔で微笑む香里に、志藤は舌打ちした。

「どこだろうね。案外近くにいるかもよ？」

後方から空気の唸るような音が聞こえ、志藤は戦慄《せんりつ》と共に振り返った。同時に、ほとんど反射的に腕を突き出し、《アルウス》を展開する。

やや上方から一直線に伸びてきた光の奔流が、障壁の表面にぶち当たった。

「ぐう……伏兵《ふくへい》か。味なマネを」

強烈な一撃に対し、障壁は思ったような出力を実現出来ていなかった。障壁を成す六角形の小片に次々亀裂が走る。

志藤はひび割れた箇所を補強するように小片を足していくが、追いつかなかった。

「くそ！」

たまらず横に跳んだ直後、光線が障壁を貫いた。志藤の傍らを突き抜け、路面に刺さる。

轟音と共に広がった爆風に顔をしかめながら、志藤は光線の飛んできた方――交差点の一角に建つビルを睨んだ。

屋上の端に浮かび上がっていた魔法陣が、ふっと掻き消える。光の奔流が唐突に途切れた。

（術者は逃げたか？　いや……）

逃げたとしたら姿を消すのが早すぎる。あれは遠隔構築した魔法。つまりただの囮《おとり》だ。

術者は――

「――――ッ！」

気配を察知するとともに、志藤は後ろに跳ねた。次の瞬間、上空から落ちてきた極大の稲妻が手前のアスファルトに突き刺さった。

熱波《ねっぱ》と閃光が辺りを蹂躙《じゅうりん》し、アスファルトのつぶてが《パラベラム》に包まれた身体を叩く。

「上か！　しかもこれだけの高出力……まさか――」

路面に降り立つと、志藤はマナフレームを展開しながら両腕を頭上に掲げた。その両手に現れた【雅月風紋《がげつふうもん》】を、刀身を交差するように構える。刹那《せつな》――

振り下ろされた純白の杖が、小太刀《こだち》の刀身に打ち付けられた。

「く……やっぱりか……！」

相手の力の強さのためだけでなく、志藤が顔を歪めた。

白杖《はくじょう》を握る相手は志藤の眼前に降り立つなり、後方に飛んで距離を取った。香里と似た光沢のある黒いドレスに身を包んだ、サイドテールの少女――雪近だった。

（さっきの保安官やクランの連中と一緒というわけか）

首元には、ドレスと不釣り合いな太い首輪が巻かれている。瞳の焦点が合わず、どこか虚ろな表情をしているのも先程遭遇した一団と同じ。

操られているのだ。

雪近が定まらない瞳でこちらを睨んでくる。その声も茫洋としていた。

「あなたを……拘束します。大人しく、しなさい……」

「ユキチ……」

やはり催眠状態に近いのか、雪近は志藤を犯罪者か何かとみなしているらしい。

志藤は口元を引き締めて香里を睨んだ。香里は満足そうに微笑するだけだった。

「不意打ちに勘付いたのはすごいねー。びっくりしたよ」

「ふざけたマネはよせ。これ以上ユキチを利用するつもりなら――」

「利用するに決まってるじゃん、バカなの？　でもあたし嘘はついてないでしょ？　言ったとおり雪近さん、とっても元気だもん。――さあ、やっちゃって雪近さん」

「了解……」

夢遊病患者のようなぼんやりとした頷きを返すと、雪近が路面を蹴って飛び出した。構えられた白杖の先に紫電《しでん》が絡みつく。

「やめろ！　目を覚ませ、ユキチ！」

「あははっ、そんなの無駄もいいとこだよ？　その技《プログラム》は、簡単に解けるもんじゃないから」

胸部を狙って放たれた刺突を、志藤はサイドステップで避けた。反撃に移る暇もないうちに、雪近は流れるような動きで志藤に追いすがり、二撃目を繰り出してくる。

（速い！）

紙一重でかわそうとすれば紫電の餌食《えじき》となりかねない。回避を諦め、志藤は横薙ぎに振るわれた白杖を左右両方の小太刀で受け止めた。甲高い金属音が響く。

「《パラベラム》を使ってるわけでもないのに、速いし重い……このドレスのせいか」

「あ、そうそう。魔法を使う時にマナを供給しているのもそのドレスだよ。他の連中と違って、雪近さんのマナはあたしが取っちゃったから。ま、サービスだね」

「そんな状態で戦って、ユキチは大丈夫なんだろうな？」

「さあ」

そんなことは気にかけた覚えもないという風に肩を竦める香里に、志藤は舌打ちした。

「それより喋ってる余裕なんてあるのかなー？」

香里の言葉に応えるように、雪近が素早く腕を引き戻した。白杖を回し、今度は下から振り上げてくる。

押し付けられていた力が唐突に消え、志藤は一瞬バランスを崩した。避けられない。代わりに右腕を薙ぎ払う。

甲高い音が響き、白杖が横に弾かれた。同時に志藤の手から小太刀の一方が飛ぶ。

「しま――」

回転しながら宙を舞う小太刀は、志藤の後方で路面に落ちる前に光の粒となって四散した。

そのときには、雪近が白杖を弾かれた勢いそのまま、こちらに背を向けていた。

魔法生物《ホムンクルス》のロングブーツ――ピンヒールの突き出た靴底が志藤の腹部に叩き込まれる。

「が！」

志藤は吹っ飛ばされ、しかしどうにか倒れずに路面に降り立った。腹を抑えながら顔を上げると、雪近がこちらに向けた白杖の先に魔法陣を広げていた。

魔法陣から幾条もの鎖が飛び出す。

「まいったな。だが……」

青白い顔に皮肉な微笑を浮かべ、志藤は右手に小太刀を再構築。肺が熱く燃え、酸素が焼き尽くされたように息苦しくなる。胸を掻《か》き毟《むし》りたい衝動に耐えながら、両の小太刀に魔法を纏わせた。刀身に青白い火が灯る。

《狩猟鎖《カーサカディア》》が眼前で四方に広がった。輪を描くように高速で周囲を巡る鎖が、志藤を捉えようと収束した瞬間――

「そう簡単にはいかないぜ！」

志藤はその場で回転するように、両の小太刀を振り抜いた。青白い火の粉が舞い、鎖がずたずたに切り裂かれる。

「おー。すごいすごい」

まったく心のこもっていない香里の声に、応える余裕はなかった。

鎖が光の粒となって虚空に溶けると、志藤は崩れ落ちるように片膝をついた。その手からマナフレームも掻き消える。

「あはは、顔真《ま》っ青《さお》だし。もう限界なの？　ま、雪近さん強いし、しょうがないよね」

「強い？　冗談じゃない。本当のユキチなら、こんなもんじゃすまないぜ」

「そういう割にあなた、全く歯が立たないみたいだけど？」

「だったら……」

振りかぶった右手に帯状の魔法陣が絡みつく。追撃をかけようとしていた雪近が一瞬身構えたが、志藤が標的にしたのは彼女ではなかった。

「元凶《もと》を断つまでだ！」

薙ぎ払われた手から《シミター》の刃《やいば》が飛び出した。――香里に向かって。

雪近は咄嗟に白杖を掲げるも、三日月形の刃が香里に迫る方が早かった。だが、香里は呆れたように鼻で笑うだけだ。

「なにこれ」

香里が腕を一閃すると、《シミター》があっさりと砕け散った。

「弱すぎ。こんなのであたしが倒せるとか思ったの？　怯《ひる》むとでも思ったの？　――だとしたらちょっとムカつくんだけど。雪近さんよりあたしの方がよっぽど強いっつーの」

「よく言う。付け焼刃《つけやきば》の力を、自分の強さに数えるのはどうかと思うがな」

低出力の魔法で香里を倒せるとはもとより思っていない。だが少なくとも、雪近は志藤への攻撃を中断した。牽制《けんせい》のために短い光線を撃ちながら、香里に駆け寄る。光線の狙いは甘く、避けるのは一度後ろに跳ぶだけで事足りた。

雪近が白杖を構え、その背中に香里を庇《かば》った。

（やはり優先順位が高いのは香里を守ることか……くそ）

焼け付く肺の痛みに脂汗を流しながら、志藤は胸中で毒づく。つくづく厄介《やっかい》だ。

雪近を正気に戻すのも香里を倒すのも難しいなら、いっそのこと――

と、

「聞き捨てならないんだけど」

不機嫌そうに言って、香里が雪近の隣に並んだ。雪近が前に出るなと言いたげな視線を彼女に向けるものの、香里にそれを気にする様子はなかった。

「なにがだ？」

「付け焼刃だとか……何言ってくれてんの？　これはあたしが手に入れた時点で、あたし自身の力に決まってるでしょ？　クラックヘッドだって龍脈《りゅうみゃく》のマナを利用しようとした。それと大差ないじゃん」

何の気なしに言った志藤の言葉は、どうやら彼女の気に障っていたらしい。だが、志藤の注意を引いたのは別の部分だ。

「誰に聞いた、そんなこと」

「え？」

「昨日も言っていたな。クラックヘッドが龍脈からマナを得ようとしていたって。そんな噂はどこにもないはずだ。あれが魔法の失敗だったなんて話も。誰に吹き込まれた？　そいつは一体何者だ」

「なんなの、あなた。鬱陶《うっとう》しいんですけど。そんなのあなたには関係な――」

「アキラなのか？」

志藤の言葉に、香里が息を呑んだ。その反応が全てを物語っていた。

「やっぱりそうなんだな」

思った通り彼女は――久瀬アキラへと繋がるピース。

（ようやく尻尾を掴んだぞ、アキラ……！）

志藤は思わず虚空を睨み、唇の端を吊り上げた。滲み出た敵意に気圧《けお》されたのか、香里が一歩後退《あとずさ》る。

再び香里に視線を留め、志藤は口元を引き締めた。

「アキラの言うことを信じてるのか？　あいつ自分のことを何だって言ってた？　あの魔法のことは？　あいつ自身の目的はなんなんだ」

「…………」

「話してみろよ。俺もあいつとは知らない仲じゃない。情報交換といこうぜ」

「あなた何者？」

「ただの魔法使いさ」

「……まぁいいけど」

香里が横に腕を伸ばした。一振りの大剣がその手に現れる。【煉鉄】のレプリカだった。

香里は宙に掲げた巨大な刃を、夢見るような瞳で見つめる。

「クラックヘッドはね、魔法使いの王になろうとしたんだよ？」

「王？　なんだそれ……」

「クラックヘッドは龍脈のマナを自分のものにして、東京中の魔法使いを支配しようとしてた。もし実現してれば、今頃は総局だって彼に手出しできなくなってたんじゃないかな?」

大剣を振り下ろし、こちらに視線を戻す香里。

「失敗してくれてよかったよね。おかげであたしが、最強になれる」

「アキラにそう言われたのか」

「あの人《ワイズクラック》のメンバーだったんでしょ? クラックヘッドには随分痛手を負わされたって愚痴《ぐち》ってたよ」

「随分なこと言いやがるぜ、あの野郎」

「でもクラックヘッドはいずれ戻ってくる。その時に思い通りにさせないために、対抗できる魔法使いが――あたしが必要なんだって。知り合ったのは偶然だけどね」

自分で実行せずに代わりを立てるのは、いかにもアキラらしいやり口だ。おそらく偶然などではなく、密かに吟味《ぎんみ》した上で彼女を選んだのだろう。

「なるほど。よく分かった」

「それはよかったね。――感想をどうぞ?」

「アキラの口車に乗せられてるだけだな。騙《だま》されてるぜ、きっと。むしろよく信じたもんだ」

確かにと言って頷くと、香里は肩を竦めた。

「だって、どっちでもいいもん。嘘でもホントでも」

「なに？」

「この魔法生物《ホムンクルス》の力が本物だってことは分かってる。あっちの魔法――《ダイバールーク》の術式も見せてもらった。偽物にしては出来過ぎてるからあれも本物。それ以上何が必要？　もともとアキラさんには、用が済んだらいなくなってもらおうと思ってたっていうのに」

「……水田みたいにか」

「うん、そう。魔法生物《ホムンクルス》も《ダイバールーク》も、あたしの力であって他の誰のものでもない。余計なことを知ってる魔法使いは、いない方がいいんだよね」

「なら《ワイズ》を狙ったのも……」

「私の考えだよ？　それとなくアキラさんから聞き出して、探した。《ワイズクラック》は今はもうバラバラみたいだけど、念のため他のメンバーも潰しておいた方がいいかと思って。マナもいっぱい奪えるから一石二鳥《いっせきにちょう》でしょ？」

香里が微笑んだ。悪意の塊《かたまり》のような発言を、悪びれる様子は少しも窺えない。

「クラックヘッドの正体知ってる奴なんて、今じゃあんまりいないみたいだしね。《ワイズクラック》の元メンバー以外は、見つけ次第ぶっ潰せば問題ないだろうから」

「そうしてお前は、クラックヘッドになりすますってわけか？」

「その言い方は好きじゃないなー。あたしは『なる』んだよ？　最強の魔法使いに……クラックヘッドっていう伝説《レジェンド》そのものに。伝説の新生に立ち会えるんだから、感謝してほしいな」

「クラックヘッドは、お前が考えるより情けない奴だぜ。東京中の魔法使いに憎まれるだけだってのに、なんでそこまでするんだ？」

「そうだなぁ……ねぇ、この世で一番の快楽って、なんだと思う？」

突然の言葉に、志藤は怪訝《けげん》そうに眉根を寄せた。香里が雪近の肩に手をかける。

「弱者を虐《しいた》げることだよ」

「なに？」

「弱い奴をいたぶって、強い奴を捻《ね》じ伏《ふ》せて、才能のある奴を挫折《ざせつ》させて、凡庸《ぼんよう》な奴をせせら笑って、権威を踏みにじって、追従《ついしょう》してるだけの奴を雑巾《ぞうきん》みたいにこき使う――」

頭を傾けて、香里は唇が引き裂けたかのように陰惨に嗤《わら》った。

「そういう人に、私はなりたい。だから最強になりたいの。それ全部できるのが、最強の特権でしょ？」

「なるほど」

志藤は胸元を抑えて嘆息する。

「お前はすでに、十分イカレ頭《クラックヘッド》だよ。俺じゃあ敵《かな》いそうにない」

「敵わない？　当たり前じゃん。そんなの初めから分かってたよ、あたし」

「まぁいい。アキラが関わってると分かった以上、お前にはまだまだ聞かなきゃならないことはあるが、とりあえず――」

腕を上げ、虚空に魔法陣を展開する。雪近が身構えたが、無意味だ。

香里がはっと目を見開いたのは、危険を感じたからではなく、魔法陣が交差点の中央に向いていたためだろう。《ダイバールーク》の魔法陣がある方だ。

「しま……っ！」

もはや志藤には、素早く術式を構築するのは難しくなっていた。香里に情報交換を申し出たのは、アキラの関わりを確かめたかったのはもちろんだが、術式を編むための時間稼ぎでもあったのだ。

魔法陣の文様は中心点付近まで達しており、完成は間近。魔法を発動させれば、今以上に手を付けられなくなるのは必至だ。

「だから、悪いな」

魔法陣から光の奔流が迸る。

どんな魔法だろうと、それを発動する魔法陣に大した強度はない。低出力の魔法でも、十分に壊せるはずだ。が——

光の奔流は、球形の魔法陣にぶち当たるなり四方に飛び散った。

「なに⁉」

「ふざけたマネ……」

香里は背中に羽を形成すると、雪近をその場に残して飛び出した。地面すれすれを飛び、愕《がく》然《ぜん》とする志藤との距離を一瞬で詰めてくる。
大剣が唸《うな》った。
「しないでよ！」
「がッ！」
まともに喰らって、志藤は弾かれたように吹っ飛ばされた。地面を二、三度跳ね、最後には
うつぶせに転がる。
「く……どうなって……⁉」
倒れたまま顔を上げる。《ダイバールーク》の魔法陣は依然として交差点の中央にあり、中
心点へ向かって文様を成長させ続けていた。変化があるのは一点だけ。志藤の魔法がぶち当
たった箇所が、黒く変色していることだけだった。
「いや、光が消えただけか？　元からあの魔法陣は……」
志藤はアスファルトの上で拳を握った。変色して見えたのは、魔法陣が放っていた淡い輝き
が失せたからに過ぎない。魔法陣は始めから、鋳鉄《ちゅうてつ》のような黒い枠によって形成されており、
それが光っていただけのようだ。
黒い枠――香里の魔法生物《ホムンクルス》だ。
「どうりで」
《ダイバールーク》の術式は複雑だ。香里が構築できるとは思えない。

彼女は魔法生物《ホムンクルス》の機能をプログラムと呼んだ。《ダイバールーク》もそうだったのだ。初めから術式が魔法生物《ホムンクルス》に組み込まれていたのだろう。十分なマナが確保できれば、あとはスタートボタンを押すだけで済んだわけだ。

「アキラのヤツ……ちくしょう、相変わらず大したもんだぜ」

「よくも驚かせてくれたね。この魔法陣の強度はよく分かんないけど、とにかくあなたがヘボい魔法使いで助かった。そして、ようやく――」

魔法陣と志藤の間に立つ香里が、背後を振り返った。雪近が彼女に駆け寄る。

魔法陣の幾何学的な文様が、ついに中心点まで達する。

「完成ね」

「くそ……！」

志藤はどうにかこうにか立ち上がった。同時に魔法陣が、強く輝く。

香里が微笑し、高々と宣言するように言う。

「発動。《ダイバールーク》」

一瞬、突き上げるような揺れが交差点を襲った。魔法陣から、目に見えないアクセス路《ろ》がパイルバンカーのように大地に打ち込まれたのだ。

「く……！」

「あははっ、悔しい？　結局あなたが何しに来たのか全然分かんないし、興味もないけど、私のせいで悔しがってる人を見るのって好きだなー」

「恐ろしいくらいに根性がねじ曲がってるな。だが、別に俺は悔しいんじゃないぜ」

「あ、強がりだ。強がりな人も好きだよ？　正確にいうと、強がってる人をとことん追い詰めるのが、だけど。——雪近さん、魔法陣守ってて」

「了……解……」

香里が雪近を一瞥する。雪近は踵《きびす》を返して《ダイバールーク》に駆け寄っていった。

「くそ……」

「その様子だとどうせもう動けないんだろうけど、また変なマネされたらいやだから、一応ね。ついでにそこに、串刺しにしておいてあげるよ」

香里が頭上に手をかざした。ドレスから溢れた黒い粒子が集まり、幾本もの槍となって空中に現れる。

「じゃあね。あなたのこと嫌いじゃなかったよ。——だってとびきり弱いもん」

にたにたと笑いながら、香里が鋭く腕を振り下ろす。

槍が一斉に、志藤に向かって飛び出した。

7. 伝説は甦《よみがえ》る

装甲に包まれたアムリタの手が、意識を失った保安官の首――そこに巻かれた太い輪を摑んだ。既《すで》に他の魔法使いの首輪で解析は済んでいる。意識と呼べるものをほとんど持たない代わりに、人為的な改造の跡が非常に多く見られる魔法生物《ホムンクルス》だった。

腕の装甲が淡く輝く。治癒《ちゆ》魔法をかけてやると、施された改造が中和され、魔法生物《ホムンクルス》は不定形の塊《かたまり》となって保安官の首から剝がれ落ちた。

「治癒魔法を使えるなんて、凄いわね」

傍《かたわ》らに立って様子を見ていた宮子《みやこ》が感嘆《かんたん》の声を漏らす。

治癒魔法は特殊で、訓練以上にマナの性質がものを言う。マナフレームが個々人のマナの僅かな個性を汲《く》んで大きく姿を変え、他人とは決して同じにならないように、マナの性質が適合しなければ治癒魔法は使えないのだ。

保安官の呼吸を確かめると、アムリタは立ち上がった。

「ありがとうございます。志藤《しどう》の呪《のろ》いの緩和《かんわ》に役立たないのは、歯がゆくありますが」

「こいつで最後だ。さっさとしようぜ」

京平《きょうへい》が近づいてきて、小脇に抱えていた少年を路面に横たえた。少年はすでに意識を失っている。

「治癒魔法はマナの消費が激しいでしょ？　大丈夫なの、アムリタ」

「ご心配には及びません。やわではない方ですので」

「どっちみちやらなきゃならねぇんだ。言っても仕方ねぇこと聞いてんじゃねーよ」

「うるさいわね。じゃあ、済んだら離れて。障壁張るから」

彼らの周りには新たに加えられた少年の他、数十人の魔法使いがバラバラに転がされていた。

アムリタが最後の一人の首輪を取り除き終えると、彼らはその場を離れた。

宮子が保安官から奪った白杖《はくじょう》を、投槍《なげやり》のように構える。先端が淡く輝く。

「総局は本当、便利な道具を開発するわね」

呟きと共に投げ放たれた白杖が、魔法使いたちのただ中の路面に突き刺さる。途端に《半球障壁《イグルー》》が広がり、横たわる保安官や少年少女を包んだ。

辺りには同じように、白杖を中心に展開した障壁がいくつか見える。全ての障壁の内側に、気を失った魔法使いたちの姿があった。

「あの杖がしばらくは障壁を維持してくれるわ。障壁の出力はそれほどじゃないけど、胞子《ほうし》から守るには十分なはずよ」

「そんじゃ俺たちも行くか」

「はい。志藤がまた無茶をしていなければ……――いえ、している気がします」

「してんだろうな」

「してるわ。絶対」

三人が頷き合う。宮子と京平が《パラベラム》によって強化された膂力《りょりょく》で駆け出し、アムリタも翼を展開してその後を追った。

(志藤、ユキチさん……無事でいてくださいね)


「ああ、そう言えば。情報交換って言った割に、こっちから大した話は出来てなかったな」

槍の群れが迫ってくる。空を切り裂く唸りが遠雷《えんらい》のように響く。

志藤は手にしていた小瓶に視線を落とした。瓶の中には小指の先くらいの、透き通った球体が十粒ほど収まっている。ガラス玉のように見えるが、それは薬――池袋《いけぶくろ》の呪術師《じゅじゅつし》が『悪魔《あくま》の眼球《がんきゅう》』と名付けた、特注の丸薬《がんやく》だった。

いつもはアムリタが管理しているこの薬を、今日は志藤が預かってきたのだ。

「気にしないでいいよ！　初めからあなたには、あたしにボコボコにされること以外は期待してないから！」

「まぁ聞けよ。アキラがお前に言った嘘について教えてやる」

「なに平気な顔してんの？　強がりもそこまでいくとイラっつくんだけど！　さっさと串刺《くしざ》しになっちゃえ！」

密集した槍の束が目の前に迫る。志藤は小瓶をポケットに戻しただけだった。その場から動かず、障壁も張らず、ただ顔の前で腕を交差する。

周囲のアスファルトに次々槍が刺さり、しかし――

「ほら！　やっぱり動けな――え？」

志藤の身体に届いたものだけは、甲高い金属音と共にことごとく跳ね返され、宙を舞った。

「え？　なに？　う、嘘でしょ……《パラベラム》で防いだ？」

「まず『クラックヘッドが東京《とうきょう》の王になろうとしてた』――これは嘘だ。《ダイバールーク》なら確かに龍脈からマナを得られるだろうが、そんなことを目的として作られた魔法じゃない」

志藤は腕を下ろすと同時に踏み込んだ。帯状の魔法陣を絡《から》ませた手を一閃《いっせん》。撃ち出された《シミター》の束が、刃先でアスファルトを削りながら、香里《かおり》に向かって一直線に飛んでいく。

「この……調子に乗らないでよ！」

香里は【煉鉄《れんてつ》】のレプリカで《シミター》を迎え撃つ。漆黒《しっこく》の大剣と折り重なった三日月形の刃《やいば》が交差し――大剣が砕けた。

「そ、んな」

三日月型の刃が、香里に触れた瞬間に炸裂する。香里は悲鳴もなく吹っ飛び、雪近のすぐ近くまで転がった。雪近が《ダイバールーク》を守るべきか彼女に駆け寄るべきか逡巡《しゅんじゅん》するが、香里はそれにも気づかず跳ね起きた。

「次に『いずれ戻ってくるクラックヘッドに対抗できる人材が必要』——これも嘘だ。何せあいつは——」

「意味わかんない、意味わかんない！　何なのあんた！」

「まったく、元気だな。手加減しすぎたか」

「はあ⁉　ふざけんじゃねぇよ！　私の【煉鉄】壊してくれて何が手加減だ！」

「『私の』とは大きく出たな」

志藤は思わず苦笑する。

胸の奥の焼けるような熱さは消え失せていた。呼吸は楽だ。あんなに重く感じた手足に力が戻り、身体全体が軽い。霞がかっていた思考も視界も、いまはどこまでもクリアだった。

薬が効いたのだ。

香里の一撃で路面に転がされ、立ち上がる前に飲んでいた『悪魔の眼球』が。吸入薬が呪いを抑制するのに対し、こちらの丸薬は呪いを完全に停止させる。活性化させたマナの一部を奪われることもなくなるので、思い通りの出力を実現できるし、症状が現れることもない。

昔の自分を取り戻せる、志藤にとってはまさに夢のような薬だ。

その効果が一時的なもので、薬が切れた後に地獄《じごく》の副作用が待っているとしても。

（まったく。またアムリタに怒られる）

しかも丸薬の効果時間は決して長くない。アムリタに厳禁されているので使用例《サンプル》が少ないのだが、体調が良くても十数分といったところだ。今なら半分くらいかもしれない。

「遊んでやる時間はないが、悪く思うなよ?」

「こいつ……!」

香里が一瞬だけ背後を、《ダイバールーク》を見やった。それから雪近に視線を移す。

「雪近さん、命令変更! あいつやっちゃって!」

「了解……」

雪近が頷き、白杖を構えて《ダイバールーク》の前から飛び出す。

代わりに香里がその場に留まった。球形の魔法陣に背を向けて腕を広げる。途端、魔法陣を構成する枠から、黒い触手のようなものが幾本も飛び出した。

触手が香里のドレスに繋がる。

「頭来た。もう徹底的にやってやるから。二度と魔法が使えないようにしてやる!」

ドレスが姿を変えた。部分的には鎧と化し、全体的に禍々《まがまが》しく変貌していく。どうやら触手は、《ダイバールーク》が龍脈《りゅうみゃく》から吸い上げたマナを、香里に供給するためのコードらしい。

「くそ、もう始まってたか」

《ダイバールーク》は龍脈を解析し、干渉することができるものの、一年前にはアクセス路からマナを吸い上げるなどということはしなかった。実際にどれくらいの量がどれくらいの時間で吸い上げられるのかは、志藤にも分からないことだ。

「なら、なおさらさっさと終わりにしないとな」

「こっちのセリフよ！」

香里が叫ぶ頃には、雪近が志藤に肉薄していた。稲妻《いなずま》を纏わせた白杖を、上段から振り下ろしてくる。

「ユキチ……」

志藤は白杖を稲妻ごと、無造作に摑んだ。《パラベラム》と、白杖の特殊な機能により待機状態にある《雷銃《トール》》とがせめぎ合い、激しい火花を瞬かせる。

雪近の魔法の出力は下がっていた。魔法生物《ホムンクルス》に蓄《たくわ》えられたマナも、もう残り少ないらしい。

「もうすぐアムリタたちが来るはずだ。それまで少し、我慢しててくれ」

「――――ッ！」

志藤が空いた手を横に突き出す。二人の周囲の地面数カ所に魔法陣が浮き上がった。

雪近は白杖を諦めて後ろに跳んだ。判断は早かったが、間に合わなかった。各魔法陣から飛び出した幾条もの鎖が雪近を追い、彼女を捕える。

雪近はそのまま引き倒され、仰向けに路面に縛り付けられた。締め付けられたドレスに、まるで飴細工《あめざいく》であったかのように無数の亀裂が走った。

「この様子なら、もう魔法は使えないか……」

彼女なら鎖を斬るために、自身をも巻き込むような魔法を使うことだってあり得る。だがひとまずその心配はなさそうだ――と思ったのもつかの間だった。

雪近が奥歯を噛み、視線だけで志藤を睨んだ。どうにか鎖から逃れようと必死に身を捩《よじ》る。

ひび割れたドレスの上から、鎖が深く肌に食い込もうとお構いなしだ。

(ただでさえ消耗しているはずだってのに、こいつは)

こんなことを続けていればじきにケガをする。だが、よせと言って聞くわけもない。

「くそ」

志藤は硬く瞼《まぶた》を閉じて毒づいた。迷っている時間はない。

決断すると、志藤は白杖を逆手に持ち替えた。先端に低出力の《雷銃《トール》》を灯す。

白杖の先端が雪近の腕に触れ、少女の身体が跳ねた。

「あ……が……!」

抵抗は一瞬だった。雪近の身体から力が抜け、瞼が下りた。

「すまない。これは置いておく」

白杖を雪近のそばに横たえると、志藤は《狩猟鎖《カーサカディア》》を消し去った。代わりに《半球障壁《イグルー》》で少女を覆う。と、

「ああもうッ、使えないなぁ!」

苛立たしげな香里の声に、志藤は視線を転じた。

香里の身を包むドレスは、おとぎの国の邪悪な魔女さえ忌避《きひ》しそうな凶悪な姿に代わってい

た。まだ《ダイバールーク》とのコードは繋がったままだ。そして彼女の周囲には、再び無数の槍が生み出されていた。

　槍が突然燃え上がった。

「使えない下僕は即捨てる主義だから！　仲良く吹っ飛ばしてあげる！」

　槍の束が放たれる。その軌跡が炎となって尾を引いた。

　志藤は舌打ちして路面を蹴った。障壁に包まれた雪近を置き去りに、弾丸のように飛び出す。

「最後の情報交換をするぞ、クズ野郎」

「はぁ⁉」

「『アキラがクラックヘッドに痛手を負わされた』っていうのは……これは本当だ。ただ、お前が受け取ったような意味ではないだろうけどな」

「さっきから何なんだよお前！　何言ってんのか分かんないし！　意味不明！　頭おかしいんじゃない⁉　――べらべら喋ってないでさっさとくたばれ！」

「分からないだろうから教えてやってるんだ。覚えておけ。そして忘れるな。――マナフレーム展開」

「お前のしょぼいマナフレームなんかで……――え？」

　二振りの小太刀は、手の中に現れるなり光の粒となって弾けた。光子は逆巻きながら一つに集まり、光の塊と化す。

「な、なにそれ⁉　マナフレームが……！」

激しく放電する不安定な状態の光の塊に、志藤は腕を伸ばした。のたうつ光子が腕を叩き、斬りつけ、《パラベラム》に爪を立てる。

志藤の手が光の中に形成された柄を握った。変形が完了し、光子が収束する。現れたのは長い柄と、短冊《たんざく》形の巨大な刀身を備えた大剣――【煉鉄】だった。

「嘘……」

「おぉおおおおおおおッ！」

燃え盛る無数の槍は、目の前に迫ると炎の壁のようだった。志藤はその壁に突っ込みながら、大剣を一閃した。

轟音と共に広がった爆炎が、志藤を呑み込む。

アスファルトをなぶり、辺りを蹂躙《じゅうりん》した炎は、しかし長く燃え続けることはなかった。炎が空に巻き上げられるように消え失せると、路面にくすぶる黒煙のただ中に、志藤は佇《たたず》んでいた。肩に【煉鉄】を担いだまま、茫然自失《ぼうぜんじしつ》の香里を見据える。

「要するに、俺がクラックヘッドだ」

志藤は大剣を路面に突き立てた。

「勘違いされているが、クラックヘッド《おれ》のマナフレームは【千の剣】。変形武器だ。【煉鉄】はその形状の一つに過ぎない」

水田《みずた》や香里が作ったレプリカとは違い、【煉鉄】には刃がなかった。刀身に見えるのはただの鉄板に過ぎない。それだけでなく、【煉鉄】はマナフレームらしい固有の特性すら、何も備えていなかった。しいて言えば頑丈《がんじょう》なことくらいだ。

特別なのは、あまりに無骨なその存在感だけ。だからこそ志藤は【煉鉄】を好んだ。クラックヘッドの代名詞となったのも、あまり他の型を使っていなかったせいだ。

「アキラが《ワイズクラック》を裏切って、俺がその邪魔をした——パンドラ事件の顛末《てんまつ》は、そういうことだ」

「そ、んな……」

「教えるのは特別だぜ。部外者には話すなと言われてることだ」

雪近にすら、だ。彼女は本部長の、方便という名の嘘《うそ》を信じている。

啞然《あぜん》とする香里から視線を外し、志藤は後方の雪近を確認した。爆炎は彼女のところまで届いておらず、先ほどと同じ場所で障壁の中に横たわっている。

「なんであんたなんかがッ！」

響いた怒声に、志藤は辟易《へきえき》と顔を戻した。香里は口元を歪めてこちらを睨んでいた。

「あんたみたいな弱っちいのがクラックヘッド⁉　伝説の正体⁉　バカげてる！　どうせあたしの攻撃防いだのもまぐれでしょ！」

香里が頭上に両手を掲げる。彼女の全身から噴き上がった炎が一塊に集まり、巨大な火球を生み出す。直径は三メートルに迫るだろうか。

「消し炭にしてやる！」

香里が腕を振り下ろすと、火球はあまりにも大きな砲弾のように放たれた。渦巻く熱波だけでアスファルトを溶かしながら、豪速で迫ってくる。

志藤は【煉鉄】を路面から抜きもしなかった。両サイドに大ぶりの魔法陣を展開させる。

魔法陣から、黒曜石《こくようせき》を削り出したような腕が──《拡張肢《かくちょうし》》が飛び出した。

「なに……それ……！」

香里が愕然《がくぜん》としたのは、《拡張肢》の巨大さ故だろう。一振りでビルをなぎ倒しそうな、巨人の腕だった。

「《拡張肢》は見たことあるか？　俺の作った魔法だ。出力に上限のないタイプだから、マナを大量に使えば、こういうこともできる。まぁ、その分扱い辛くはなるが」

巨腕の一方が、飛んできた火球を無造作に摑む。そのまま握り込んでやると火球はゴムボールのように変形──爆発した。

広がった爆炎は志藤の《パラベラム》にも、黒腕《こくわん》にも亀裂一つ入れられなかった。

「う……あ……」

今度こそ香里が言葉を失う。この世のものでない化け物にでも出くわしたかのように、瞳に恐怖を映して後退《あとずさ》る。

　志藤は【煉鉄】をアスファルトから引き抜き、彼女の方へと踏み出した。大剣を肩に担ぎ、漆黒の巨腕を左右に従えながら、ゆっくりと歩み寄る。

「お前はやり過ぎた」

「いや……」

「自分の仲間を利用した。俺の仲間を傷つけた。無関係な一般人まで大勢に巻き込んだ上に、俺に仲間を傷つけさせた。許せるレベルをとっくに超えてる」

「く、来るな……」

「それでも、降参するなら受け入れる。もちろんアキラのことを全て聞き出したら、俺はお前を保安室に引き渡すし、お前を待っているのは最強の座ではなく魔法使いとしての破滅だが。――それでもこのまま俺と戦《や》るよりよっぽどいい。そうだろ?」

「来るなって言ってんのよ!」

　従ったわけではないが、志藤は香里の数メートル手前で足を止めた。口元を引き締めて少女を見据える。

　しばらくの間、香里は顔を強張らせたまま動かなかった。しかしやがて、歯を食いしばって志藤を睨んだ。

「なに上から言ってんの?　あなたがクラックヘッドだろうがなんだろうが、あたしには龍脈の無限のマナがある。今足りないなら、——もっと引き出せばいいだけ！」

「させると思うな！」

《ダイバールーク》から伸びたコード、そして香里のドレスが眩く輝く。志藤は飛び出し、間合いに捉えるなり《拡張肢》を動かした。漆黒の巨腕が左右から香里に掴みかかる。

「————ッ！」

巨腕の動きは早く、香里は喉をひきつらせることしかできなかった。このまま捕獲し、《ダイバールーク》から引き剝がせば終わり——そのはずだった。

「え？」

一瞬の間に起こった出来事に目を丸くしたのは、むしろ香里だ。

彼女のドレスの背中で二つの瘤《こぶ》が隆起したかと思うと、次の瞬間爆発的に伸びた。急激に肥大化しながら、鋭い鉤爪《かぎづめ》を備えた、鳥類《ちょうるい》や爬虫類《はちゅうるい》の肢《あし》のように変貌する。

鉤爪を備えた肢が、両側から迫っていた《拡張肢》と組み合い、がっちりと受け止めた。

「なんだ⁉」

魔法生物《ホムンクルス》の、今までとは異質な変化に志藤は眉を顰める。香里が驚いていることも気にかかった。

「な、なにこれ……あたしの魔法生物《ホムンクルス》じゃ……」

香里が慌てて左右に視線を走らせる。その間にもドレスのところどころが膨れ上がり、触手や毛むくじゃらの腕へと変わって《拡張肢》に摑みかかった。

（なるほど、これは……）

事態を呑み込むや、志藤は声を張った。

「今お前が《ダイバールーク》で汲み上げてるのはマナじゃない、魔法生物《ホムンクルス》だ！　すぐ魔法を止めろ！」

香里は呼びかけに反応しなかった。肥大化していく自分のドレスを見下ろす。いや、もはやドレスとは言えないだろう。

歪に膨張する魔法生物《ホムンクルス》は、もはや香里にまとわりつく肉塊と区別がつかなかった。下半身は完全に埋もれ、両腕もほぼ呑み込まれている。肉塊は少女の足元にまで広がり、しかも蠢いていた。肉塊の表面に大きく裂けた口、縦長の瞳孔《どうこう》を持つ瞳、角やトゲ——様々なパーツが現れては、さらに膨らむ肉の間に消えていく。

「凄い……何体も入ってくる。あたしの魔法生物《ホムンクルス》と混ざってく。どんどん……力が……」

「もうよせ！　これ以上は契約者のお前にも影響が——」

「うっせーよバーカ」

香里は顔を俯けたまま、視線だけを志藤に向けてきた。薄く笑う少女の頰を、蠢《うごめ》く黒い肉片が遡《さかのぼ》っていく。

「止めろって？　今あたしがどれだけ凄いか分かってんの？　どれだけの力を感じてるか分

かってんの？　止めるなんて冗談じゃない。あたしがやりたいのは……——この力でお前を叩き潰すことだけよ、クラックヘッド！」

香里が目を見開く。彼女を包む肉塊から、先端の尖った触手が無数に飛び出した。

「バカ野郎が」

呟いて、志藤は【煉鉄】を構えた。刀身にリング状の魔法陣が並ぶと、踊るように宙を貫き迫ってくる触手に向かって一閃する。

指向性の衝撃波が、触手の群れをミンチに変えた。

「お前にその気がないなら、俺がやるまでだ」

「く……っ！」

《拡張肢》を操作し、組み合っていた爬虫類の肢を握り潰す。絡んでいた太い触手や得体のしれない毛むくじゃらの腕を引き千切ってから、志藤は巨腕を消し去った。これだけでかくするとさすがに邪魔だ。

「なんなの、ホントに！」

志藤が路面を蹴ると同時、肉塊から巨大なかまきりの前肢のようなものが生み出され、横なぎに振るわれた。跳び上がってかわすと、志藤はそのまま香里と《ダイバールーク》の上を突き抜けた。

振り返りながら着地し、【煉鉄】を腰溜《こしだ》めに構える。刀身には、すでに《シミター》の帯状の魔法陣が絡みついている。

狙いは香里ではなく、《ダイバールーク》だ。

「魔法陣を壊そうなんて、小賢《こざか》しいし鬱陶《うっとう》しい！」

「なに⁉」

志藤が大剣を振り抜く直前、香里を包んでいた肉塊が幕のように広がった。球形の魔法陣を呑み込み、次の瞬間眩《まばゆ》く輝く。

光の中で肉塊が爆発的に膨張するのが見えたが、志藤はかまわず【煉鉄】で空を斬った。いくつも折り重なった、三日月形の光刃が放たれる。

光刃《こうじん》は発光する肉塊に突っ込んで炸裂した。だが——

「あはははははァ！」

光が消える頃には、肉塊は見上げるほどの大きさに成長していた。ほぼ球形、至るところに妖怪じみた手足が生え、爛々《らんらん》とした瞳や牙の並んだ口が開いている。その身を支えるのは特に太い数本の肢だが、昆虫に似たものから爬虫類のような肢まで種類はバラバラだった。

肉塊の頂上から上半身だけ覗かせた香里が哄笑《こうしょう》する。

「ほら、今度は効かなかったァ。大体分かってきたよ？　このカラダの使い方……」

香里の言う通り《シミター》は漆黒の肉の一部を抉っただけだ。《ダイバールーク》の魔法陣まで届いてはいなかった。

目を見開き、唇を引き裂くように嗤《わら》う香里に、志藤は嘆息した。

「これは親切のつもりで言うんだが……契約している魔法生物《ホムンクルス》がそれだけ急激に変化すれば、その影響はお前にも出る。そしてもう出始めていると思う。もしまだ俺の言うことが理解できているなら《ダイバールーク》を中断するか、せめてアクセス路をカットしろ。今すぐにだ」

「あはァ？　なに言ってんの？　――いいからかかって来いよッ！」

奇怪な腕の一つ、志藤くらいなら握りつぶせそうな巨腕が急激に伸びる。

志藤は【煉鉄】で腕を弾《はじ》くなり駆け出した。一瞬で肉塊――その巨体を支える肢の一本に迫る。蜘蛛《くも》を思わせる肢だった。

「はぁあああッ！」

裂帛《れっぱく》の気合いと共に腕を振り抜く。【煉鉄】は見かけ倒しのただの鉄板だが、志藤は強化された膂力《りょりょく》だけで巨大な蜘蛛の肢をへし折った。

「もう一本」

間を置かずに片腕を突き出し、展開した魔法陣から極大の光線を撃ち放つ。剛毛に覆われたキングコングのような肢が消し飛ぶ。

香里が短い悲鳴を上げると共に肉塊が傾いた。志藤は後ろに跳び、転倒した魔法生物《ホムンクルス》の醜悪なキメラに向かって魔法陣をいくつも展開する。

香里の姿は見えているし、肉塊を《ダイバールーク》もろとも穴だらけにしたところで、深刻なケガを負わせる心配はないだろう。そのために射撃精度と貫通力の高い魔法を選んだ。

「ま、まだ足りないっていうの？」

香里は愕然と目を見開いていた。顔を強張らせて首を振る。

「い、いや……やめて！　せっかく手に入れた、あたしの力なのに！」

「お前の力だとは思えないぜ」

魔法陣が鋭いドリルを一斉に吐き出す、寸前に──

「────ッ！」

空気の唸る音に、志藤は咄嗟に魔法を中断した。視線を転じながら【煉鉄】を盾のように構える。直後、武骨な刀身に稲妻がぶち当たる。

志藤は跳ね飛ばされたように宙を突っ切った。なんとか着地し、靴底をアスファルトで削った末に静止する。

顔を上げると、予想通りの人物が肉塊の前に立ちはだかっていた。

「ユキチ……！」

ドレスはほとんど破れて剝がれ落ち、奥の制服が覗いている。だが首輪はそのままだった。志藤の置いていった白杖を構え、焦点の合わない瞳でこちらを睨んでいる。

「これ以上の、抵抗は……やめなさい……」

雪近は苦しげに肩で息をしていた。顔色も悪い。もはやドレスからろくにマナを与えられていないはずで、僅かに回復した自身のマナで無理をしているのだろう。

（それでも目を覚ますのかよ）

志藤は《半球障壁《イグルー》》があったはずの場所を一瞥する。影も形もなかった。障壁の出力は決して低くなかったはずだ。内側も外側も強度に変わりはない。しかしあの障壁はどこか一カ所でも穴が開けば、全て砕け散る。一点集中で力を加え続けたのだろう。

（ユキチを甘く見た。なんて失態だ、くそ）

思わず歯噛みする志藤。

香里の反応は当然真逆《まぎゃく》だった。新しい肢を生やし、肉塊を立ち上がらせながら爆竹《ばくちく》のような笑い声を響かせる。

「あはははははは！　最高……ホント雪近さん最高！」

「その口を閉じて、ユキチから離れろ。大人しく従えば、今は……見逃してやってもいい」

自分でも間抜けに聞こえる言葉だ。案《あん》の定《じょう》、香里はさらに大声で笑うだけだった。

「バーカ！　バーカ！　バーカ！　このクソボケ野郎！　そんなの、わざわざ助けに来てくれた雪近さんに悪いじゃん！　頭イカレてるんじゃないのォ⁉　あ、そうだイカレ頭なんだっけアハハハハハッ！」

雪近のすぐ背後で、肉塊の一部が膜のように広がった。《ダイバールーク》を呑み込んだときと一緒だ。

「やめろ！」

「雪近さんの一生懸命さに、あたしも応えないとね！」

「う……っ！」

膜にへばりつかれて、さすがに雪近も危険を察したようだった。身を捩って白杖を振り回そうとするが、瞬く間に彼女の体中を覆い尽くした膜がそれを許さなかった。

「あぅ……く……」

「ユキチ！」

やがてその手から白杖が零《こぼ》れ落ちる。志藤は慌てて路面を蹴った。

彼我《ひが》の距離が消滅したときには、雪近はその身のほとんどを肉塊に取り込まれていた。反射的な行動だろう、こちらに手を伸ばしてくる。

志藤がその手を摑むより、香里が肉塊から突き出した巨腕を振る方が早かった。

「がッ！」

薙ぎ払われた腕が、再び志藤を弾き飛ばす。今度は着地もままならなかった。路面を水切りの石のように跳ね、ガードレールをぶち抜いて商業ビルの外壁に叩きつけられる。壁が陥没し、蜘蛛の巣上の亀裂が走った。

「あははッ、警戒しなさすぎでしょ。どんだけ雪近さん助けたいのよ、クラックヘッド！　仲間は見捨てる主義だと思ってたのに、残念なんですけどォ！」

志藤はすぐさま立ち上がって交差点の中央を睨んだ。最後に残っていた雪近の手が、肉塊に呑み込まれていくところだった。

「どうする⁉　ねぇどうする⁉　これで《ダイバールーク》は壊せないよ⁉　──だって雪近さんも一緒だから！」

「…………」

「そうなんでしょクラックヘッド。ホントにがっかりだけど、お前、雪近さん見捨てられないんでしょ⁉」

「そうだな」

千切れたガードレールの間から交差点に戻りながら、志藤は静かな瞳で香里を見据える。

「だからお前をやる」

「────ッ！」

「俺が《ダイバールーク》を壊せないように、お前もユキチを傷つけられない。契約していない魔法生物《ホムンクルス》が混ざっていれば当然だが、お前はさっきからそいつの繊細な操作ができていない。下手にユキチに手を出そうとすれば、お前自身で《ダイバールーク》を壊しかねないはずだ」

彼女の攻め手は奇怪な腕を突き出すか、薙ぎ払うかの二択だけだった。倒れた時などすぐには立ち上がれなかったどころか、志藤の魔法を妨害することも、防ぐこともしようとしなかった。咄嗟《とっさ》の操作が出来なかったのだ。

香里は憎々しげに顔を歪めた。その沈黙は肯定以外の何物でもない。

「久々に胸クソの悪い戦いをすることになりそうだ。覚悟はいいな、イカレ頭」

「ふざっけんな……あたしは魔法使いの支配者になる。王になるの。お前には消えてもらわなきゃいけないの。だから、もっと、もっと……あたしに力をッ!」

香里の言葉に呼応するように、魔法生物《ホムンクルス》のキメラが全身から鮮烈な輝きを放った。思わず腕で顔を庇《かば》う志藤の耳に、香里の絶叫じみた声が聞こえる。

「こいつを! あらゆる魔法使いを! 世界中の愚鈍《ぐどん》なクズ豚《ぶた》共を! みんな、みんななぶり殺しに出来る力を……あたしに寄越せ、《ダイバールーク》!」

∴　∵　∴　∵

須山《すやま》雪近は暗闇の中でまどろんでいた。

熱くも寒くもない。少しだけ暖かいようには感じる。底なし沼のひどく深いところまで沈んだかのように身体は動かないが、不思議と苦しくはなかった。

「…………」

思考が鈍い。必死に頭を働かせようとしても、意識が焦点を結ばない。

さっきまで、自分は何と戦っていたのだったか。いやそもそも、戦ってなどいただろうか。

もうずっと以前から、ここでこうしていたような気がする。

しかしここがどこで、どうやってやってきたのかも判然としなかった。

ここにいてはいけないと自分の一部が叫んでいる。やるべきことがあるはずだと。だが、それが何だったのか思い出せない。

捕まえなければならない相手がいたはずだ。ついさっきまで。

あるいは何年も前から。

「だれ……？」

脳裏に浮かぶおぼろげな記憶を、雪近は必死に追いかける。人影が見えるのだが、どうしても霞んでしまって、はっきりしない。彼女の意識が唯一捉えたのは、人影が手にした漆黒の大剣だけだった。

それがつい先ほどの記憶なのか、昔の記憶なのかは最後まで分からなかった。

志藤は魔法生物《ホムンクルス》のキメラを見上げて舌打ちする。今度の膨張は、先ほどの比ではなかった。

「さすがに、龍脈と繋がってるだけはある」

辺りを囲むビルは、超高層ビルのように三十階や四十階もあるわけではないが、それでも高いものなら三十メートルは超えるだろう。しかし魔法生物《ホムンクルス》の体高は今や、周囲のビルの頂上と同程度の高さまで届いていた。

しかも長く伸びた身体を蛇のようにもたげてそれなのだ。全長は倍以上になるはずで、実際、反対側の端は交差点に収まりきっていなかった。

片端に人型の上半身を備えた巨大なムカデ――一言で言えばそんなところだろう。ただし胴体から突き出た肢は節足動物らしい無機質なものだけではなく、爬虫類《はちゅうるい》、海獣《かいじゅう》、両生類、果ては人間の赤ん坊の手のようなものまで種々雑多だ。

「悪趣味が過ぎるな。特に……」

志藤は胴体から、ビルの一角を破壊している尾部まで這わせていた視線を、魔法生物《ホムンクルス》の頭部へと戻した。

その頭は――香里のものだった。

当然、香里自身ではない。頭部から腰までが露わになっているが、陶器のように滑らかな肌は漆黒で、何より人間としてはあり得ないほど巨大。魔法生物《ホムンクルス》が香里をかたどったものに過ぎないのだろう。艶《つや》やかな髪が額に落ち、小ぶりの鼻の下で唇がわずかに開いている。一目で香里と分かるほど完璧な造形だったが、両目がなかった。両目のあるべき部分は皮膚が落ちくぼんでいるだけだ。

さらに、なだらかな肩の先には、堅そうなうろこに覆われた腕。開かれた手は腕と不釣り合いに大きく、長い指に鋭い鉤爪を備えている。

「あ、ははァ……！」

洞穴に響くような低く虚ろな声が聞こえたかと思うと、頭部の額にもう一つの顔が浮かんだ。本物の香里だった。

魔法生物《ホムンクルス》をヘドロのようにその身にへばりつかせながら這い出し、両肩と腹部までを露わにする。腕の先と腰から下は、巨大な頭部の額に埋めたままだ。

目を見開き、首を傾げて、香里はくつくつと嗤った。

「もウ……誰にも負け、負けナイ……。あたシ、が、ががが、最強の魔法使イィイイ。あた、あタシが、クラックヘッド。王。伝説、なッタ。何もかモ、いた、いたぶって、踏みニジッテ……な、ナナ、なぶり……殺しィイイイイイイイイイイッ!」

陶酔《とうすい》と高揚《こうよう》が入り混じったのような叫びに、志藤は首を振った。

「哀れなもんだ。だが、あまり同情する気にはなれないぜ」

「おまエは、要らナイ。消エテ。いなくなッテ」

香里が身体を捩る。ムカデの胴体が路面を這いずり、尾部をビルから引き抜く。

「今度は……永遠ニ!」

胴体が素早くその身をしならせた。途端、まるで撃ち出されたかのように、尾部が豪速で志藤に向かってくる。

志藤は術式を構築しかけ、しかし迷った末に途中で中断した。尾部の一撃を跳んでかわす。

ムカデの尾が商業ビルの外壁やガラスをぶち抜くのを見下ろしながら、志藤は舌打ちした。

(くそ。ユキチがどこにいるか分からないんじゃ、迂闊《うかつ》なことはできないな……)

先ほどまでの丸型の肉塊から膨張したのなら、雪近は今でも《ダイバールーク》の近くにいるはずだ。それがこの巨大な図体のどの部分にあたるのかは、皆目見当がつかなかった。せめてもの救いは今の香里なら、彼女に危害を加えようなどという頭は働かないだろうということくらいだ。

「クラック、ヘッド……！」

風の唸る音が耳朶《じだ》に届く。顔を跳ね上げると、左右から巨大な手が迫っていた。

（バカでかい図体してるくせに、動きが速い！）

志藤は【煉鉄】を握ったまま、両腕を左右に突き出す。《アルウス》が広く展開して爬虫類じみた手を食い止めた。が——

「クラックヘッド、は……あたシなのォオッ！」

人型の、大きく開かれた口から触手の束が飛び出した。やはり速い。志藤に肉薄するなり束を開き、彼の身体に巻き付く。

「しまっ……ぐぅ！」

触手はきつく志藤を締め上げると、今度は彼の身体を引き寄せた。開かれた口が恐ろしい速さで近づいてくる。

「俺まで取り込む気か！　そうは……行くかよ！」

志藤は左右の空間に魔法陣を展開。飛び出してきた黒腕——《拡張肢》の片方が、その鋭利な指先で触手を断ち切った。

さらにもう一方の黒腕で拳を握る。《拡張肢》はどちらも、香里の異形の腕に負けぬほど巨大だった。

「喰らえ!」

振り抜かれた《拡張肢》の拳が香里の顔面にめり込む。

「ァァアアアアアアアアアアアアアアッ!」

香里は絶叫と共にのけ反ったものの、倒れはしなかった。素早く腕を伸ばして、再び志藤を摑もうとする。

その手を、志藤は《拡張肢》で受け止めた。二つの異形の手が組み合う。

「クラックヘッドォオオオッ!」

「くっそ! そろそろ薬の効果も切れる頃だってのに……どうやってユキチを見つければ——」

「志藤!」

アムリタの声に、志藤ははっと視線を転じる。彼女と宮子、京平の三人が、交差点に飛び込んでくるところだった。

魔法生物《ホムンクルス》だとしてもあまりに異形な怪物を目の当たりにするなり、アムリタは足を止めた。

他の二人も同様だ。

「な、なんですあれは?」

「一体どうなってやがんだ。もう怪獣レベルじゃねーか」

「しかも香里さん、ですよね？　あの人間の頭っぽい部分から出てるの」

「とにかく、助太刀《すけだち》した方がよさそうね」

頷き合うと、三人は交差点の端を離れた。が――

「アムリタ！」

志藤はこちらを一瞥しただけで、すぐに魔法生物《ホムンクルス》の方に視線を戻した。

「魔法生物《こいつ》のどこかにユキチが取り込まれてる、探してくれ！」

「な……ッ！」

「宮子と京平はその間、アムリタを守れ！　でかすぎて、さすがに周りを巻き込まない自信がない！」

「それで攻めあぐねてたのね」

「チッ、仕方ねぇな！　おい、だってよ」

「え？　あ、はいっ！」

二人は疑問も差し挟まずにアムリタの前に進み出た。確かに、ムカデのような魔法生物《ホムンクルス》の胴体はあまりに大きく、のたうつ度に辺りの建物を破壊していた。

交差点に残る戦いの痕跡《こんせき》を見回し、アムリタは眉を顰めた。

（高出力の魔法を連発した形跡……ということは、やはりあのお薬を……！）

心臓が縮まり、背中を戦慄が駆け上がる。道すがら『悪魔の眼球』については宮子たちにも話したし、志藤がそれを使用している可能性も考えていた。だが実際に目の当たりにするとやはり怖くなる。

（昨日あれだけ苦しんだ後だというのに……どれだけの副作用が――）

悪い方へと考えを巡らせそうになって、アムリタは慌てて頭を振った。出発前に志藤が言った通り、雪近を助けることが第一。他のことは後回しだ。

「まったく、まったく！　事情が事情ですので今回は致し方ないとは言え、なんで心配ばかりかけるのですかあの人は！　仕方ないのは分かっていますが！　いますが！」

言いながら、アムリタは不透明なゴーグルで両目を覆う。未知の魔法の解析などに用いるアナライザーだ。

「あ、そりゃ昔からだ。あいつは周りの言うこと聞いた試しがねぇ」

「ホントに、付き合わされるこっちの身にもなってほしいわよね。同情するわ、アムリタ」

「分かってくれる方がいて大変うれしいです！　――志藤！」

説教も心配も後ですることにして、アムリタは半ばやけになって声を張り上げた。

「雪近さんはこの気持ち悪い胴体と人型の、境目くらいにいます！　ですが一緒に強力な魔法の反応が……なるほど、これが《ダイバールーク》なのですね？　――って、発動中じゃないですか⁉」

「そうだ！　だが今は後回しでいい、ユキチの正確な位置を指示してくれ！」

「いえ……」

雪近と思われる反応は人型の腰よりやや下、ムカデのような胴体側に位置する。ど真ん中より少し右寄り、背中よりは腹部に近い。しかしアムリタのゴーグルが教えるその場所を、口頭で完璧に伝えるのは不可能だ。

もし《ダイバールーク》を傷つけ、雪近を救えなければ、魔法崩壊時の余波に彼女を巻き込みかねない。ならば――

「私がやります！」

アムリタは背中の翼を大きく広げた。志藤は一瞬迷ったようだが、結局頷く。

「分かった。こいつは任せろ。動きを止める。――宮子、京平、手伝え！」

「ったく次から次へと……だが、やっと面白くなってきたぜ。つーかクラックヘッドやってた頃の力が出せんなら、俺と戦《や》ったときもそうしろってんだよバカ野郎が！」

「楽しそうね、京平。志藤が強いままでそんなに嬉しいの？」

「あぁ!?　てめ、まださっきのこと根に持って――」

「そもそも副作用がひどいからだって説明されたばかりなのに、脳みそプリンなのかしら？」

「んだとコラてめぇ」

「お二人とも！」

アムリタの一喝《いっかつ》に、宮子と京平がびくりと肩を震わせた。

「ケンカは後にしてくださいッ！　もしくはあれと戦いながらにしてくださいッ！」

「そ、そうね。そうするわ」

「い、いきなり怒んなよ。とにかく行くぞ、宮子！　マナフレーム展開ッ！」

「あなたが命令しないでくれる？　私は上から行くわ。マナフレーム展開」

「【獄炎獣《フィアベスティア》】ッ！」

「【バタフライ・ガンズ】」

京平が紅蓮《ぐれん》の炎を上げる甲冑《かっちゅう》を纏いながら飛び出した。宮子はその場に残る。

宮子の頭上に現れたのは、四つの傘のようなパーツの中心から、長さがバラバラの銃身が幾つも伸びた不思議な形状のマナフレームだった。

大きさは宮子の身の丈とほぼ同じ。傘の後ろには噴射口が備えられている。

マナフレーム――【バタフライ・ガンズ】が二つに割れた。宮子は《拡張肢》を展開し、その黒腕で【バタフライ・ガンズ】の断面に現れたグリップのようなパーツを握った。

「アムリタ、あなたも気を付けて」

マナフレームの噴射口が輝いたかと思うと、宮子はそれこそロケットのように飛び上がった。

香里と魔法生物《ホムンクルス》の融合体を超え、胞子が侵入してこない空間の天井辺りまで上昇する。

身体の向きを変えると、《拡張肢》が【バタフライ・ガンズ】の銃口を、宮子自身が魔法陣を、眼下の巨体に向けた。

「遊びが過ぎたわね。あなたがクラックヘッドを名乗るのは、一〇〇万年早いわ、お嬢ちゃん」

志藤が魔法生物《ホムンクルス》から離れると同時、銃口と魔法陣が火を噴いた。火線の豪雨が人型の背中に降り注ぐ。だが、魔法生物《ホムンクルス》の表面で火花を上げただけだった。

「効かナイよォ、そんなカスみたイな魔法……！」

巨体を揺らし、人型が宮子をふり仰いだ。人型の額に半ば埋まった香里が叫ぶ。人型が宮子に向かって開いた口から、無数の触手が飛び出した。

「雑魚《ざこ》カスの、分際デッ！　身の程知らずガァアアアアアッ！」

「そりゃてめーだろッ！」

鋼拳を振りかぶり、巨大な頭部の横に現れたのは京平だ。が——

香里が京平を横目で睨み、人型の異形の腕を無造作に振った。

「ぐあッ！」

羽虫《はむし》のように叩き落とされた京平が空中を貫き、アムリタの近くに建つビルの外壁をぶち抜いた。

「京平！」

上空で宮子が声を張るが、駆けつけるほどの余裕はなさそうだ。彼女は誘導弾のように伸びる触手の群れに追われていた。

「しつこいわね！　《レッドベルベット》！」

幾条も放たれた赤熱の光の帯と、触手の群れが衝突する。爆炎が空中に花を咲かせるが、全ての触手を撃墜するには足りなかった。生き残った十ほどの触手がついに宮子を捕える。

「きゃあ！」

「宮子さん！」

「引っ込んでろ、小娘！」

思わず宙に舞い上がったアムリタを、京平の声が制する。直後、ビルの壁に空いた穴から《爆斧》《トマホーク》が飛び出し、人型と宮子の間を突き抜けた。触手が断ち切られる。

穴に手をかけ、甲冑姿の京平が姿を見せた。面の奥からアムリタを一瞥する。

「てめぇはあの保安官取り返すことだけ考えてりゃいいんだ。こいつは……俺たちの獲物なんだからな！」

一方的に言い放って、京平はビルから飛び出していった。

上空では宮子が高速で飛び回りながら、次々極大の光線を人型に向かって撃っている。だが。どうも目くらまし程度にしかなっていないようだ。京平も《アルウス》を足場に接近を試みるが、胴体に並んだ肢や、時折鋭く振るわれる尾部に邪魔されてままならない。

「そ、そうは言ってもですね……これでは——きゃあ！」

京平を弾き飛ばした尾部がアムリタのそばを突き抜ける。アムリタは地面を滑るようにその場を離れた。

「これだけ暴れられては、どう突っ込んでいったらいいか……といいますか志藤は——」

「ここだ」

すぐ近くに突然志藤が降り立って、アムリタはぎょっと動きを止めた。

「隙は作る。二人は香里の注意を引いてるだけだ」

「志藤！　どこに行っていたのですか！」

「悪い。仕込みに時間が掛かった。もう済んだから準備してくれ」

「済んだ？　一体何が——」

志藤は交差点を見回し、軽く腕を振った。と、

「え？」

交差点を囲むいくつものビルの外壁それぞれに、巨大な魔法陣が浮かび上がる。

アムリタが唖然と口を開き、香里も驚いた様子で辺りを見回す。

「こんドは、なにヲ……？　クラックヘッド……」

香里の視線が志藤を捉《とら》えた。

「俺から離れろ、アムリタ。隙は作るがそう長く持たないから、しくじらないでくれ」

「は、はい。任せてください」

「クラックゥ、ヘッドォオオオッ！」

腕を振り回して宮子と京平を引き下がらせると、魔法生物《ホムンクルス》が長い胴体を急激にしならせた。

アムリタが飛び立った次の瞬間、人型が両腕を突き出して志藤に襲い掛かる。

志藤は交差点の端から動かなかった。

「し、志藤⁉」

「こいつはいろんな魔法をでかく改造してみるのにハマってた時期に、遊びで作った代物だ。まさか使う機会があるとは思わなかったぜ。まぁ、安定はしてないから、維持できる時間は短いけどな」

周囲のビルの外壁に描かれた魔法陣たちが、同時に輝いた。

「発動――《狩猟鎖《カーサカディア》・ＳＳ《スーパーサイズ》》」

魔法陣から一斉に飛び出した鎖は、輪の一つだけで軽くアムリタの身の丈を超えるほどの大きさだった。志藤に迫っていた両腕に絡み、人型の首を締め上げ、ムカデのような胴体に四方から何重にも巻き付く。

「ギィ、ア……！」

魔法陣との間で鎖が張り詰め、魔法生物《ホムンクルス》が動きを止めた。それどころか鎖の引く力が勝ったようで、人型が腕を広げ、背をのけ反らせた。

人型の額部分で香里が激しく身を捩る。

「ウゥアアアアアアア！　放セッ、放せェエッ！」

「アムリタ、今だ！　宮子と京平は援護を！」

「はいっ！」

腰部《ようぶ》の装甲に噴射口を展開、翼を広げ、アムリタは全速で飛び出した。直後、唯一拘束《こうそく》を免れていたムカデの尾部がしなり、横手からアムリタに迫る。

「そのまま行け、小娘！」

砲弾のように尾部の前に躍り出たのは京平だった。炎を上げる拳が、さらに帯状の魔法陣をも纏う。

「一〇〇億万度だ、ぶっ飛べオルァアアアアッ！」

剛拳が魔法生物《ホムンクルス》の尾にめり込み、爆発した。轟音と共に広がった爆炎が、京平自身をも呑み込む。自身のダメージを顧《かえり》みない一撃が、――尾を弾き返した。

爆発のあおりを受けて一瞬バランスを崩しながらも、アムリタは魔法生物《ホムンクルス》と人型の境目――狙いすました個所へ吸い込まれるように飛んでいく。今度は目の前に、胴体に備えられた異形の肢たちが集まった。

「く……この肢、伸ばせたのですか！」

宮子の声が頭上に響く。

「問題ないわ。まとめて撃ち落とすから」

言葉通り色とりどりの光線が降り注ぎ、様々な姿の肢を一つ残らず千切り飛ばした。

目の前が開ける。

アムリタは速度を緩めないまま魔法生物《ホムンクルス》の腹部に肉薄した。右腕の装甲から突き出した剣を振りかざす。

「てぁあああああッ！」

光輝の剣が、魔法生物《ホムンクルス》の硬い体表を切り裂いた。表面の硬さに比して柔らく、乾いていて隙間の多い、水分を失いかけたメレンゲのような内部を一気に奥まで侵入し——

「ユキチさん！」

ゴーグルに映る反応を頼りに手を伸ばす。

人型の背中を突き破って、再び空中に飛び出したとき、アムリタの腕にはしっかりと雪近が抱えられていた。

「ユキチさん、しっかりしてくださいユキチさん！」

雪近は大きな外傷は見当たらないが顔は青白く、何より——首に魔法生物《ホムンクルス》の輪が巻かれていた。瞼《まぶた》は上がっているが瞳の焦点は不確かだ。こちらを見ようともしない。

なおも呼びかけながら、アムリタは急いで首輪を中和する。近くのビルの屋上で休ませようと上昇した時、背後で香里が叫んだ。

「クソ、ガキィイイイイッ！」

弾かれたように振り向くと、人型の首が百八十度回って真後ろ——アムリタの方に向けられていた。巨大化された《狩猟鎖《カーサカディア》》は既に見当たらない。

大きく開かれた人型の口から放たれたのは触手ではなく、大きな火球。

「しま――」

気づくのが遅れた。雪近に気を取られて、警戒を怠《おこた》っていた。避けられない。障壁が間に合わない。

火球が迫った。

∴　∵　∴　∵

何度も名前を呼ばれて、雪近はふと意識を取り戻した。いつの間にか目の前に少女がいる。雪近にしがみつきながら、雪近の名前を呼んでいる。

少女の片手が雪近の首元に触れた。

(だれ……？)

見覚えがある気がするのに思い出せない。というよりは、人物を上手く認識できない。ずっとそうだ。

特徴のないパーツで構成されたモンタージュのような――誰にとっても見覚えがあり、しかし誰も会ったことのない幻の人物としてしか映らない。

ただ――

（どうして泣いてるの？）

少女が瞳に涙を浮かべていることだけは、はっきりと分かった。悲しいのか、怖がっているのかまでは判断できなかったが。

助けなければならないと思った。この少女を守らなければと。

（私は……——保安官だから）

不意に、首が軽くなった気がした。自分で気づいてすらいなかった締め付けが、突然失われたような感覚だ。

空気が唸り、巨大な火の玉が少女の背後から二人に接近しているのが見えたのはその時だった。身体は勝手に動いた。

雪近は咄嗟《とっさ》に少女を抱きかかえると、身体を入れ替え——自らの背中を火球に向けた。

腕の中で少女が悲鳴じみた声を上げる。

「ユキチさんッ⁉」

爆音が轟《とどろ》く。硬く閉じた瞼の向こうが赤く染まり、熱波が身体を激しく叩いた。

だがそれだけだ。

「前にもこんなことがあったな」

聞こえた声に振り返る。少年らしき後ろ姿が見えた。《アルウス》を足場に、二人を守るように佇《たたず》んでいる。

「相変わらず無茶をする奴だぜ」

それが誰なのかはやはり判然としなかった。確かに認識できたのは少年が肩に担ぐ――漆黒の大剣だけだった。脳裏に一つの名前が浮かぶ。

(クラック……ヘッド……?)

爆発の余波が収まる頃、雪近は不意にめまいを覚えた。身体が限界を超えて疲弊《ひへい》したかのように、意識が下り坂を転げ落ちようとしているのが自分で分かる。

(待って、まだ……)

脱力していくのに気づいたのだろう。少女が雪近の背中に腕を回した。直後、瞼が下がり、暗闇が訪れた。

アムリタが雪近の救出に成功した時には、志藤は魔法生物《ホムンクルス》の背後に回っていた。もっとも危険なのは雪近を取り戻した直後、アムリタが安全なところまで離脱する間だと思っていたからだ。そして案の定だった。

「無茶に関しては、志藤もユキチさんのことを言えないと思いますが」

「う……と、とりあえず雪近を連れて離れていろ、アムリタ」

「はい。油断してすみませんでした」

頷くと、アムリタは空中を横切ってビルの陰へと滑り込んでいった。

「さてと、だ」

志藤は顔を上げて魔法生物《ホムンクルス》のキメラを、人型の額に半身を埋めた香里を睨んだ。

上空には【バタフライ・ガンズ】を構えた宮子、地上にはひび割れた【獄炎獣《フィアベスティア》】に身を包む京平の姿があった。三人で魔法生物《ホムンクルス》を囲むような位置取りだ。

香里が目を血走らせ、歯を剥き出す。喉の奥から獣のような唸りが響いた。

「ウゥウウウウ……！　クラック、ヘッドォ……！」

「こいよ。お前が本当は何者なのか、俺が教えてやる」

「ヴァアアアアアアアアッ！」

人型が拳を振り上げた。志藤も【煉鉄】を消し去り、腰溜めに拳を握る。

宮子や京平はその場から動こうとしなかった。志藤が自分でやるつもりだと、分かっているのだ。

志藤の拳をリング状の魔法陣が囲んだ。その外側にもう一つ、魔法陣が輪を作る。さらに二重が三重に、三重が四重に、五重に……十重《とえ》に二十重《はたえ》に。

「シ、ネェエエエエエ――――――――ッ！」

人型の巨腕が拳を撃ち出す。空気が切り裂かれ、悲鳴のような不吉な鳴き声を上げる。

豪速で迫る大質量の塊に、志藤は同心多重円《どうしんたじゅうえん》の魔法陣を纏った拳を繰り出した。

「おぉおおおおおおおおッ！」

あまりにサイズの違う二つの拳が衝突、轟音と共に――巨腕が根元まで消し飛んだ。

一瞬、飛び散った幾千の肉片を呆然と見つめた後、香里は人型をのけ反らせて耳障りな声で叫んだ。

「ギィイイイアアァアアアアアアアアアアアッ！」

「宮子！」

「分かってるわ」

上空に向けられた魔法生物《ホムンクルス》の腹部を、アムリタの穿《うが》った穴を広げるように極大の光線が貫く。

腹部が内側から爆発し、黒々とした肉片を飛び散らせた。

宮子が《ダイバールーク》を撃ち抜き、魔法陣が爆散したのだ。

「お前は《ダイバールーク》から溢れてくる魔法生物《ホムンクルス》の『蓋《ふた》』だった。お前の魔法生物《ホムンクルス》が他のを取り込むことで、パンドラ事件の時のような大量発生にならずに済んでいたわけだ。お前の役目は、きっとそれだけさ。アキラが何のつもりでそうしたのかは、知らないが」

「ア、アアアア……」

魔法生物《ホムンクルス》のキメラは大きく腹を抉られたものの、まだなんとか人型とムカデの部分を繋げていた。

「結局あいつに踊らされただけ。お前も俺と同じ間抜けだったな」

志藤が腕を一閃した。無数に折り重なって放たれた《シミター》が、横一文字《よこいちもんじ》の巨大な刃となって人型の首を刎《は》ね飛ばす。

「京平、離れさせろ。残りは俺がやる」

「しゃあッ！」

宙を舞う頭部に、炎の尾を引く甲冑が迫る。

「い、いや……」

額に半身を埋めたまま身動きも出来ず、香里が首を振る。京平に聞く耳を持つつもりはないようだったが、志藤もそれを止めなかった。

「こいつは《黒爪団《ブラックネイル》》の礼だ！　釣りはとっとけ、クソガキがッ！」

剛拳が頭部を撥《は》ね飛ばす。頭部は商業ビルを一棟突き抜け、その向こうで地面に叩きつけられた。轟音と共に、砂煙が高々と舞い上がった。

残ったのは片腕と首をなくし、下腹に大きく穴をあけた人型と、異形な肢を生やしたムカデの胴体だった。が——

「ウバァアアア……」

人型の腹にずらりと牙の並ぶ口が開く。

「やはりただじゃ終わらないか」

契約した以外の魔法生物《ホムンクルス》も大量に混ざっているのだ。最後には暴走するに決まっている。

魔法生物《ホムンクルス》が残った片腕で空を薙ぎ払った。志藤が上空へ跳ぶと、鉤爪を備えた手が足場にしていた障壁を粉々に引き裂いた。

「二人とも離れろ！」

「了解。アムリタと雪近さんを見てくるわ」

「言っても無駄だろうがやりすぎんなよ！　街がなくなる！」

途中、宮子が寄越した【バタフライ・ガンズ】の一方を蹴りつけ、志藤はさらに上へ——魔法生物《ホムンクルス》の真上まで上昇した。

「面倒をかけてくれたな」

さっきまで人型だった部位と、それに続く奇怪なムカデのような胴体を見下ろして、志藤は呟く。掲げた手の中に【煉鉄】が現れ、そして光の粒子となって弾けた。

光子は、今回は纏まろうとしなかった。輝きを増しながら志藤の周囲をのたうち、稲妻のように暴れる。

「相変わらず、言うことを聞かないやつだぜ」

志藤の掲げた手を中心に、高速かつジグザグに辺りを巡る光の塊。その一筋に触れた【バタフライ・ガンズ】が、真っ二つに切り裂かれた。

飛行砲台が虚空に溶けると、暴れ足りないとでもいうように、光の塊は志藤にまで襲い掛かってくる。理論上の最大出力に近似しているはずの《パラベラム》が、みるみるノイズに包まれていく。

それこそが、志藤自身にさえ牙も向くこの状態こそが、志藤のマナフレームの真の姿だ。

と、

「アアアアアア……！」

魔法生物《ホムンクルス》が身を捻り、志藤の方を向く。開かれた口から触手が溢《あふ》れようとしていた。

だがもう遅い。

志藤が腕を振り下ろす。周囲をのたうち回っていた光が掻き消えた。あまりに久々だったため時間がかかったが、制御が上手くいったのだ。

それは【千の剣】の原型にして、無形の刃――

「【天籟《てんらい》】」

瞬間、激しい破壊音と共に交差点全体、周囲の建物全てに深い亀裂が走った。いや、亀裂ではない。

斬りつけられた跡だ。

深さも、長さも、刃が走ったであろう方向すら不規則。しかし、全てが同時。まるで、傷が自ら生じたような――そういう自然現象であるかのような光景だった。

ビルの外壁が崩れ、ガラスが剝がれ落ちる。アスファルトに刻まれた深い傷から砂埃が噴き出して交差点を漂う。そのただ中で、魔法生物《ホムンクルス》はぴたりと動きを止めて佇んでいた。

「ア……アアア……！」

志藤が変わり果てた交差点の端に降り立った、刹那――

「ア──」

魔法生物《ホムンクルス》の身体が積み木のように崩れ、微塵《みじん》も原形を留めていない、黒い小山と成り果てた。

一体何万回切り刻まれたらそこまでバラバラになるのか、きっと誰にも分からないだろう。

交差点の無惨な有様ですら、【天籟】が魔法生物《ホムンクルス》を斬った余波に過ぎないのだから。

「まぁ、こっちも無傷ってわけじゃないが」

志藤は右の二の腕をきつく押さえる。シャツが真っ赤に濡れていた。自分のマナフレームを、抑えきれなかったのだ。

それに外傷だけでなく、薬の副作用も現れてきている。

「く……まずい、な……これ」

肺は燃えるように熱く、頭は杭でも打ち込まれたかのように痛かった。喉がカラカラに乾く。寒気が止まらない。心臓が早鐘を打ち、関節が悲鳴を上げる。

視界が歪む。上下も左右もおかしい。世界が横倒しになっている。

倒れていたのは志藤だった。それにすら気づかなかったらしい。

「志藤！」

アスファルトにべったりと頬をつけながら、視線だけを上げる。

霞む視界に、慌てて駆け寄ってくるアムリタが映った。その後ろには、《拡張肢》で雪近を抱えた宮子の姿もある。京平が宮子に何やら声をかけ、交差点から飛び出していった。香里を回収しに行ったのだろう。

ふと差し込んだ光が瞳を打った。魔法生物《ホムンクルス》のドームが急速に薄れ、陽光が差し込んだらしい。

思いがけぬ陽だまりの中にアムリタが踏み込んでくる頃には、志藤は糸が切れるように意識を失っていた。

終.

騒動が収束を見た翌日には、東京《とうきょう》は平常運転に戻っていた。舞台となった新宿《しんじゅく》の一角はさすがに封鎖されているらしいが、他の街は無関心なまでにいつも通り。電車の遅れすらない。

ここ上野《うえの》も同様だ。

上野の森や上野公園とも呼ばれる、正式名称上野恩賜《おんし》公園。散策する人々が、春の日差しの下でゆったりとした時間を過ごしている。

そんな中で久瀬《くぜ》アキラはベンチに座り、青々とした葉桜《はざくら》を眺めていた。

「桜が散ってくれてよかった。お花見シーズンの上野公園は、近づけたものじゃないからね」

「何をのんきなこと言ってんのよ」

同じベンチに腰を下ろした少女が、ぎろとアキラを睨《にら》んでくる。変わった少女だった。

艶やかな黒髪に赤い瞳が特徴的。しかし何より目を引くのは、千切れた鎖が垂れ下がる手かせのような腕輪と、角のような頭飾りだろう。頭飾りは側頭部に沿うようにカーブし、先端は少し上を向いて尖っている。雄牛《おうし》の角のように見えるが、本人曰《いわ》く、それはアンテナなのだそうだ。

少女――メルクリウスは手にしたソフトクリームを一口食べてから、言葉を続けた。

「失敗したのよ？　あの香里《かおり》って小娘使った作戦。彼女にあげた魔法生物《ホムンクルス》造るのに、どれだけ時間かかったと思ってんの」

「運が悪かったと思うしかないんじゃないかな。ほら、まさかあいつが出てくるなんてさ」

「桜田《さくらだ》志藤《しどう》、ね。それも小娘が挑発的なことするからよ。もっと厳しく言うこと聞かせればよかった。気づいてた？　彼女、上手くいったらあたしたちのこと消すつもりだったみたいよ？」

「はは……どうりで僕を見る目が尋常でないと思ったら」

「まっ、彼女の思い通りになんて始めからいくはずなかったんだけど。でも小娘からあたしたちの関わりも明らかになるし、これからは保安室との戦いになるわよ？」

「それと、志藤ともね」

「まったく、しっかりしてよ。これじゃ何のためにあんたと契約してるのか分かったもんじゃないわ。でもまぁ……」

メルクリウスが跳ねるようにベンチから降りる。ソフトクリームを舐めながら、虚空を睨んで微笑する。

「桜田志藤が動いたってことは、アムリタ姉さんも一緒ってことよね？　面白くなってきた。いいわ。何が来ようとぶちのめしてやる」

「血の気が多いなぁ、メルは」

「はぁ？　余裕ぶっこいてんじゃないわよ。あんたも覚悟できてんでしょうね？」

「もちろん。そろそろ、こそこそ隠れるのも飽きてきたところだしね」

「ふふん、言うじゃない」

にやりと笑うと、メルクリウスはベンチを離れる。アキラも立ち上がり、彼女の後に続いた。

九十九庵《つくもあん》の二階。扉を開けると、カレーの香りが志藤、アムリタ、雪近《ゆきちか》の三人を出迎えた。

「あら、来たわね志ど――」

テーブルを拭《ふ》いていた宮子《みやこ》が、振り向くなり硬直する。

「三人とも、いらっしゃ……」

「志藤、お前……」

続いてキッチンから顔を覗かせた若菜《わかな》と、食器を運んでいた京平《きょうへい》までもが表情を凍り付かせた。理由は明白。志藤が明らかにペット用と思われる首輪を装着し――

「お邪魔します、志藤くんのお姉さん。ほら、志藤、歩きなさい」

首輪に繋がれた鎖を、雪近がしっかりと握っているせいだ。

気まずい空気に気づきもしないアムリタが跳ねるようにキッチンのカウンターに駆け寄り、中を覗き込んだ。

「カレーですか⁉　カレーですね！　今日はどんなカレーなのですかお姉様！」

「え、えっと……バナナと生クリームで深いコクと甘みを出しつつも、ジンジャーとハーブと挽《ひ》きたてのブラックペッパーでさわやかに仕上げたビーフカレーだけど……」

「よく分かりませんが最高ですね！　最高ですね！」

「それより雪近さん、その首輪は？」

　宮子が頬をひきつらせながら首を捻《ひね》った。雪近がとびきりの笑顔で応える。

「この前の一件、ほら、みんなが美丹《よしあか》さんの言うこと無視して私を助けに来てくれた件でね？　私、本部長にすっごい怒られて」

「「う……」」

　志藤と宮子が、揃って言葉を詰まらせる。京平は悪びれもせず薄ら笑いを浮かべるばかりで、アムリタに至ってはカレーの鍋以外何も見えていない様子だった。

「それで本部長に、しっかり首輪を付けておけって言われたものだから」

「い、いやユキチ、それは言葉の綾《あや》じゃないのか？」

「なんか言った？」

「いだだだだ！　引っ張るな、鎖を引っ張るな、ユキチ！」

「助けてもらったことには感謝してるけど、それはそれ。丸二日面会謝絶、一週間ベッドから出られなくなるようなマネをしておいて、発言権があると思ってるの？」

「も、申し訳ない！　反省してるから！」

「じゃあ今後同じ状況になっても、保安室に任せてあなたは何もしないわよね?」

「…………」

「明日手かせと足かせも買ってくるわ」

「拘束具《こうそくぐ》が増えた⁉」

「ユキチさんの言う通りですよ、志藤!」

ようやくカレーの魔力から解放されたアムリタが、カウンターの前から志藤を指さしてくる。

「これからはより一層厳しく監視しますから、そのつもりでいてください!」

「『これからは』って……つーことは、あれか? お前らまだ保安室には戻らねぇのか?」

「ああ。アキラが動き出したってことがはっきりしたからな。本部長に頼み込んで、許可を得たよ。しばらく保安室とはさよならだ」

「え? ということは……」

「あ、そういえば宮子ちゃんに教えてなかったかしら? 志藤ちゃんたちも、今日からここに住むのよ?」

「そっ、そうなの?」

「嬉しそうですね、宮子さ――」

「全然そんなことないけど」

「ご厄介《やっかい》になります、志藤くんのお姉さん」

「はーい。若菜でいいのよ？」

「……あれ、ユキチさんもここに住むんですか？」

「当たり前でしょ。私あなたたちの監視役よ？　──ちょっとなんで舌打ちするの⁉」

何やらにらみ合う二人から、志藤は再び京平に視線を戻した。

「ところで京平、お前こそ新宿をあけていいのか？　もうあの辺りの封鎖も終わっただろ」

「大部分はな。だがこの間の一件をきっかけに、あの辺の弱小クランが同盟を組むことになってな。前ほど俺は必要なさそうだ」

「なるほど。だったら……」

志藤は一度視線を落とし、吐息《といき》を零《こぼ》してから、再び顔を上げた。京平と、宮子を見つめる。

「俺に手を貸してくれ」

二人は驚いたように眉を上げ、それから顔を見合わせた。

「たまにでいい。二人の気が向いたときに」

京平が短く笑って、どっかと椅子に腰を下ろす。宮子もおかしそうに微笑しながら、壁に背を付けた。

「ま、たまにならな」

「ええ。気が向いたときに」

「十分だ」

志藤は小さく、安堵の息を吐いた。宮子がくすくすと笑う。

「いくら私たちでも、そんな恰好《かっこう》をした人の頼みは断れないものね」

「うぐ……」

「志藤、お前そのままで電車乗ってきたのか？　サイコーだな」

「何笑ってんだぶん殴るぞ。まったく……いつまでこんなものしてなきゃいだだだ！」

「勝手に外そうとしないでくれる？　私がいいというまで付けてるに決まってるじゃない。ところで——」

雪近が宮子と京平に向き直る。

「二人にもお礼を言わないと。志藤たちと一緒に私を助けてくれたんだよね？　ホントにありがとう」

「いいのよ。無事でよかった」

「はッ、俺はあのクソ女に借りを返しに行っただけだ。保安官なんぞを助けた覚えはねーな」

「あ、こいつツンデレだから気にしないで」

「誰がだゴルァ！」

京平がテーブルを叩いて立ち上がるものの、キッチンから若菜に鋭い視線を送られていそいそと椅子に戻った。

「後遺症もないらしくて何よりだわ。やっぱり操られてたときのことは覚えていないの？」

「うん。ほとんど……あ、でもそういえば――」

「そういえば？」

「き、気のせいだと思うんだけど、私を助けに……クラックヘッドが来たりして、ないよね？」

志藤とアムリタがぴくりと肩を震《ふる》わせた。互いに緊張した視線を交《か》わし合う。

宮子は二人の無言の意思疎通に気づいたようだったが、京平は違った。怪訝《けげん》そうに眉根を寄せる。

「はあ？　何言ってんだお前。クラックヘッドって志ど――がふっ！」

宮子が布巾《ふきん》を投げつけて京平を黙らせている隙に、志藤とアムリタが首を振る。

「ないな」

「ないですね」

「だ、だよね！　うん、やっぱり気のせいだ！」

顔を赤くしてしきりに頷く雪近。

京平に余計なことは言わないでおくよう身振りで伝えた宮子が、一つ咳払いをする。

「クラックヘッドといえば、この前の騒動のおかげで噂が随分広まっちゃったわね」

「噂、ですか？」

「クラックヘッドが帰ってきたっていうアレよ。本気にしてるクランの連中も多いわ」

宮子が至極真面目な顔で志藤を見つめた。テーブルに頬杖をついた京平が、だろうな、と鼻で笑う。

「名のあるクラン同士が、クラックヘッドを狩り出すための連合を作るって話も聞いた」

「そりゃ凄《すげ》ぇ。根も葉もない噂に踊らされて、かわいそうなこった。なぁ志ど——げぶ！」

嫌味な視線をよこす京平には、履いていたスリッパを投げつけておいた。

二人の応酬を気にも留めず、宮子は言葉を続ける。瞳が不安げに揺れていた。

「それともう一つ。こっちの方が重要よ」

「なんだ？」

「咲耶《さくや》から連絡があったわ。私に」

志藤が身を強張らせる。山王寺《さんのうじ》咲耶——《ワイズクラック》の元メンバーの一人だ。

京平がスリッパの当たった鼻を押さえながら、呆れたように口を開いた。

「あいつも噂につられやがったのか？」

「いいえ、全くの別件よ。あの子……アキラを見つけたって言ってたわ」

「なッ⁉」

「ホ、ホントですかそれは⁉」

志藤とアムリタが同時に声を上げた。さすがの京平も驚いた顔をしている。

雪近だけが冷静に、神妙な面持ちで頷いた。

「もし本当ならすごい手掛かりになる。連絡があったのはいつです？　咲耶さんと会う約束とかは？」

「電話があったのはつい三日前。進展があり次第また連絡をくれるって言ってたけど、今のところそれっきりよ。こっちから掛けても繋がらない」

「居所も分からないままか？」

「ええ」

「今度はみんなで探してみましょう。見つかるかもしれません」

「そうね。でも……」

雪近が何か引っかかるとでも言うように首を捻った。他のみんなの視線が集まる。

「思ったんだけど、別件ではないんじゃない？　その咲耶さんってヒトも、クラックヘッドが戻ってきたって噂を聞いたから、探そうと思ったんじゃないかな。で、実際に本人を見つけちゃった——ってことだよね？」

「…………」

雪近の言葉に、全員がそっと遠くを見つめた。

「ちょっとなんで目を逸らすの」

「いだだだだ！　いちいち鎖を引くな、ユキチ！」

「み、宮子さんはちょっと言い間違えただけではないですかっ。ヒトの発言の揚げ足を取るのはよくないですよ、ユキチさんっ」

「う……そういうこと？　ごめんなさい」

「い、いえ。こちらこそ紛らわしい言い方をして申し訳ないわ。とにかく私も、もう一度あの子の居場所を探ってみるから」

「あ、ああ。頼む」

「連合とやらも気になりますが、まずは咲耶さんが最優先ですね」

「そうなるわね」

志藤はアムリタや雪近と視線を交わして頷いた。深刻な表情のまま言う。

「じゃあその第一歩として……――この首輪を外すことから始めるのはどうだ？」

「「却下」」

アムリタと雪近の声が、ぴたりと揃った。

了.

あとがき

ヨーロッパの方では近現代に入っても妖精が頻繁に目撃されていたそうです。シャーロック・ホームズを書いたコナン・ドイルをも巻き込んだ、コンティグリー妖精事件は代表的な例かと思います。

しかしある時期を境に、妖精の目撃情報は別のものに取って代わられます。UFOです。妖精はすっかり目撃されなくなり、それまで妖精がいるかいないかで議論していた人々が、今度はUFOを巡って同じことを繰り返すことになるわけです。

この話から、幾つかの推論が成り立ちます。

①妖精はUFOによって絶滅させられた。
②UFOの開発に成功した妖精たちは、より住みよい星を求めて旅立っていった。
③UFOは妖精の進化・あるいは変態した姿である。

皆さんはどれが正解だと思いますか？　僕は③を推します。

どうもこんにちは。中谷栄太という者です。

オカルティックなものに惹かれる気持ちは秘められたものを暴きたいという衝動であり、人間誰しも備えていると思います。結局のところその衝動の向かう対象が、妖精だったりUFOだったり幽霊だったりと、時代時代で代わっていくだけなのでしょう。

ピーター・パンも言っています。妖精は、人間の信じる心で生きていると。

先日、荒んだ大人になって失ったはずの信じる心を、取り戻せそうな出来事がありました。

知人が幽霊を見たのです。というか襲われたらしいです。

時刻は丑三つ刻にはほど遠い午後十一時頃。場所は自宅の脱衣所。H君はお風呂を上がった直後で、素っ裸で身体を拭いているところだったそうです。彼はふと気付きました。お風呂に入る前に当然閉めたはずの脱衣所のドアが、僅かに開いている事に。

そしてその隙間から、見知らぬ子供がこちらをじっと見ていることに。

家に知らん子が入ってきてる！　と思った瞬間にドアが勢いよく閉まり、H君は子供を捕まえようとドアに飛び付きました。

開きませんでした。

相手は子供、対するH君は日々の筋トレの成果で腹筋が六つに割れている大人です。たとえ向こう側から抑えられていても力負けするはずがありません。もちろん鍵も掛かっていません。

あ、これやばいヤツだ、と思ったそうです。

力の限りドアをガシガシやっている内に、騒ぎに気付いた家人が二階から降りてきて、そこでようやくドアが開いたのだといいます。

もちろん、家の中に子供はいませんでした。


全部嘘です。——と言えたらいいのですが、創作でないから困りものです。

普段「霊感があるアピール」などしたこともない人からマジトーンでそんな話をされたら、怖いに決まってます。本人はもっと怖がってましたが。お祓いっていくらくらいかかるんですかね、とかリアルな相談をされても答えられません。

ところで、怖いと同時に興味が出て、他の人にも心霊体験の有無を聞いてみました。

寝ているときに何かが上に乗ってきた、女の幽霊に首を絞められたと言ったような事例はありましたが、これは金縛りの延長くらいのものかなという印象を受けました。金縛りなら僕も経験がありますが、夢との区別が難しく、心霊体験としては『弱』と言っていいでしょう。

今のところ、H君レベルのガチ体験は他に聞き出せていません。

調査を続けると共に、H君のその後の経過を少し離れて見守りたいと思います。

きっと座敷童だったんだよ。

今作は魔法使いがたくさん出てくるので何かマジカルな話をしようと思ったのですが、なんだか別方向に進んでしまいました。ごめんなさい。

新シリーズです。お世話になった方々に謝辞を。

ぼんやりとしたアイデアが形になるまで、今回も様々なアドバイスやご指導をいただきました担当様、ありがとうございます。

かわいくて勇ましいイラストで本作を彩って下さったR・i v様。ラフの時点でハイクオリティなお仕事ぶりに奮えました。心から感謝を。

そして本書をお手に取って下さった読者の皆様。本当にありがとうございます。今後ともお付き合いいただければ幸いです。

願わくばまた次巻で！　中谷栄太でした！

ファンレター、作品の
ご感想をお待ちしています

〈あて先〉

〒106－0032
東京都港区六本木2－4－5
SBクリエイティブ（株）
GA文庫編集部 気付

「中谷栄太先生」係
「Riv先生」係

東京ストレイ・ウィザーズ

発　行　　2014年12月31日　初版第一刷発行
著　者　　中谷栄太
発行人　　小川　淳

発行所　　SBクリエイティブ株式会社
〒106−0032
東京都港区六本木2−4−5
電話　03−5549−1201
03−5549−1167（編集）

装　丁　　株式会社ケイズ（大橋勉／菅田玲子）

印刷・製本　中央精版印刷株式会社

ISBN978-4-7973-8200-6
Printed in Japan　　GA文庫